JTI 팬덤 클럽

너는

전 태 일 50 주 기
공동 출판 프로젝트

나다   9

전태일 문학상 수상자 창작 소설집

JTI
팬덤 클럽

김	김	이	최	최	홍
인	주	종	경	용	명
철	욱	하	주	탁	진

북치는소년

나를 모르는 모든 나

가난했던 어린 노동자에게도 팬덤이 있습니다. 50년 전 그날 이후 그를 따르는 무리입니다.

그는 땀 흘리며 눈물짓는 붉는 불입니다. 그를 모르는 모든 나에게 나는 너라고 외치는 소리가 천지사방으로 번져 모든 나는 그와 하나가 되었습니다. 그를 알게 된 모든 나는 여기저기 도깨비불이 되어 그의 화신으로 세상을 불태우고 있습니다.

여기 모은 여섯 편의 불씨들은 역대 전태일 문학상 수상자들의 창작 소설입니다. 서럽고 억울했던 기억들이 혼불처럼 모여 모닥불이 되었습니다. 대출 상환 독촉장도, 살아남은 자의 고통도, 쫓거나 밀려난 삶도, 지켜지지 않는 근로기준법도, 악의 평범함도, 속죄양도 타는 모닥불입니다. 그를 몰랐던 모든 나여, 지금은 텐미닛(10 minutes) 모닥불, 모두 모여 불 쬐고 목청 높여 소리질러!

2020년 봄

차례

김인철

네 번의 짧은 노크

김인철

2005년 제14회 전태일 문학상 수상
2004년 『월간스토리문학』 신인상 당선
제3회 민들레 문학상(2008) 수상
현재 전태일 문학상 운영 위원

-자기애가 강한 사람은 어느 날 자신도 모르게 짐승이 된다.

1

구르릉. 구르릉. 마을버스 한 대가 검은 연기를 뿜으며 비탈진
언덕을 힘겹게 올라온다. 상대원의 하늘은 오늘도 부옇다. 경사
진 언덕을 힘겹게 올라오던 버스는 삼거리 진로 마트 앞에서 멈
추더니 칙, 바람이 빠지는 소리를 내며 차문을 연다. 버스의 문
이 열리자 승객들이 비틀거리며 계단을 밟고 내려온다. 버스 맨
뒤 좌석 끝에 앉아있던 혜련도 마지막으로 버스에서 내린다. 머
리에 큼지막한 황금빛 보따리를 인 할머니가 계단에서 넘어질듯
좌우로 비틀거린다. 할머니는 가까스로 비스듬하게 서 있던 전
신주 하나를 부여잡으며 중심을 잡는다. 혜련은 길게 한숨을 내

쉬는 할머니를 지나쳐 진로 마트를 지나더니 삼거리 골목에서
가운데 골목으로 들어선다. 블라우스와 주름진 검정 치마, 굽이
닳은 하이힐, 단정한 차림의 그녀는 오늘 하루가 힘들었던지 꽤
나 지친 기색이다. 그녀가 걸음을 옮길 때마다 퉁퉁 부은 두 발
이 불안하게 비틀거린다. 그녀의 머리 위로 낡은 전신주와 전선
들이 얼기설기 얽혀 있다. 골목은 혜련의 머리 위로 널려진 전선
만큼이나 좁고 복잡하다. 직선거리로 오십 미터 남짓한 혜련의
집까지 가는 길은 좁고 울퉁불퉁하다. 골목이 깊어질수록 피복
이 벗겨지고 위태로운 전선들이 낮고 길게 이어진다. 찌그러진
철제 우편함엔 빗물에 부풀어 오른 고지서가 가득하다. 혜련은
계단을 오르려다가 모서리에 못이 삐죽 튀어나온 낡은 목제 우
편함을 쳐다본다. 붉은 도장이 찍힌 독촉장과 고지서가 퉁퉁 불
어 겹친 채 우편함에 뭉툭하니 나와 있다. 독촉장을 읽는 그녀의
표정은 무덤덤하다. 그녀의 오래된 가방에서 전화벨이 울린다.
낡은 황금빛 손잡이엔 손때가 묻었다. 그녀는 발신지를 아는지
전화를 받지 않는다. 그 뒤로도 두세 차례 전화벨이 울린다. 혜
련은 터벅터벅 녹슨 철제 계단을 오른다. 아귀가 맞지 않는, 손
잡이가 헐거워진 철문은 오늘도 열려 있다.

땅거미가 진다. 혜련의 집안은 동굴처럼 깜깜하다. 입구 쪽 타
일 바닥엔 여름용 슬리퍼와 코가 해지고 굽이 닳은 구두 세 켤레

가 반듯하게 놓여있다. 거실 한쪽엔 냉장고가 놓여있다. 이사 오면서 재활용 센터에서 십만 원에 구입한 미니 냉장고다. 냉동실에 성에가 절반이나 끼었지만 냉장실은 쓸 만했다. 싱크대는 한쪽 수납 문이 약간 틀어졌다. 싱크대 위는 물 한 방울 없이 깨끗했고 찬장에는 반듯하게 쌓인 그릇과 유리, 그리고 갖은 양념통들이 나란히 놓여 있다. 화장실은 문을 완전히 닫을 수 없는데 싱크대 옆에 있는 세탁기 호스가 화장실 쪽으로 연결된 때문이다. 화장실도 타일이 부서진 자리에 검은 구멍들이 뾰족하게 솟았다. 물기 젖은 문턱은 탈피한 뱀의 허물처럼 썩고 푸석푸석했다. 벽이나 변기는 물때 하나 없이 깔끔했다. 백열전구 속 필라멘트가 깜빡거린다. 현관 출입문부터 냉장고 손잡이, 그리고 싱크대까지 혜련의 공간은 조금씩 엎질러졌거나 어긋나 있다.

압력 밥솥에서 치이익 소리가 나더니 김이 빠진다. 언니는 작은방에서 잔다. 장롱 하나와 책상이 전부다. 책상엔 언니의 책들로 가득하다. 혜정이 이불을 무릎까지 덮고서 허리를 벽에 기댄 채 압화를 만들고 있다. 바닥엔 미니 액자와 들에서 꺾은 꽃들이 널려 있다. 누렇게 바랜 벽엔 언니가 만든 압화 세 개가 나란히 걸려있다. 새하얀 안개꽃을 붙인 액자엔 '할 수 있지만 하지 않을 자유'라는 글귀가 쓰여 있다.

"오늘은 많이 늦었네, 면접은 잘 봤어?"

"아니, 이번에도 힘들 것 같아. 내일 몇 군데 더 다녀 보려고. 엄마는?"

"저녁 반찬거리 좀 사 오신다고 상대원 시장 가셨어."

"자꾸 움직이시면 팔 부러진 거 잘 안 붙을 텐데. 그냥 진로 마트에서 사시지."

"모두부는 상대원 시장 게 더 고소하대."

혜련의 어머니는 며칠 전 일하던 식당에서 식자재를 옮기던 중 넘어지는 통에 오른쪽 팔을 다쳤다. 의사는 뼈에 금이 가서 입원을 해야 한다고 했다. 어머니는 한사코 통원 치료를 하시겠다며 깁스만 한 채 병원을 나섰다. 식당에서 일을 시작한 지 며칠 되지도 않았고 시간제 일이라 치료비도 받지 못했다. 혜련의 전화기에 다시 벨이 더 울리더니 문자가 한 통 왔다. 대출 납부 독촉 문자다.

"주인아주머니가 월세 올려 달라는데."

"얼마나?"

"십만 원. 다음 달부터 올려 달래."

"이젠 올려 줄 때도 됐지. 아니 한참 지났지."

"그렇긴 해. 그렇지만 한 달에 십만 원을 어떻게 올려."

"걱정 마. 내일은 편의점 아르바이트라도 구할 테니까. 엄마도 팔 다 나으면 식당 일하실 테고."

"미안해. 언니라고 하나 있는 게 가족들한테 별 도움도 못되고."

혜정은 화선지에 붙이려던 노란 유채꽃을 바닥에 내려놓는다. 고개를 아래로 떨구며 길게 한숨을 내쉰다. 혜련은 김이 빠진 압력밥솥을 열더니 주걱으로 밥을 고루 섞는다. 찰진 밥알의 고소한 향기가 방 안으로 몽글몽글 피어오른다. 혜련은 냉장고에서 가지나물, 명이나물, 오이무침, 고추 장아찌, 멸치볶음을 꺼내서 차례로 밥상 위에 올린다. 그리고 마지막으로 김치냉장고에서 시큼한 김치 한 포기를 꺼내서 사각사각 썰어서 상위로 올려놓는다.

"오늘은 된장찌개야."

"오늘도겠지. 언니야, 넌, 된장찌개가 지겹지도 않니?"

"지겨워도 어쩔 수 없잖아. 혈당도 많이 안 올라가고. 소화도 잘되고. 요즘 계속 피곤해. 입안이 자주 헐어. 아침 공복 혈당이 이백이 넘어."

"병원 갈 때 되지 않았어?"

"이번에 가면 당화 혈색소 검사 결과 나올 텐데 의사 선생님이 입원하라고 할 것 같아."

"지난번에도 9.8 나왔어. 병원 갈 때마다 의사 선생님이 관리 안 한다고 해서 스트레스야."

"이참에 병원 바꿀까?"

언니는 어릴 때부터 당뇨를 앓고 있다. 일곱 살 때 버스에서 쇼크가 왔다. 의사는 조금만 늦었으면 큰일 날 뻔했다고 했다. 아홉 살 언니는 주사를 더 무서워했다. 저혈당이 자주 왔다. 가방이나 옷에 초콜릿이나 사탕을 가지고 다녀야 했다. 비염과 천식도 앓았다. 지하철에서 기침이 멈추질 않아 쓰러질 뻔한 적도 있었다. 고등학생 땐 응급실도 수차례 실려갔다. 학교 친구들에게 놀림도 많이 받았다. 합병증 탓인지 한쪽 눈이 잘 안 보인다. 콩팥도 망가져서 신장 투석을 해야 한다. 언니는 그렇게 십오 년을 살고 있다.

2

"이봐 고 씨. 그러고 있지 말고 주민 센터에 뭐 긴급 복지 지원 제도 같은 거 있다고 하던데 지원 받을 수 있나 좀 알아봐."

"우리보다 더 어려운 사람들도 많을 텐데요."

"이그, 답답한 사람아. 그럼 식당에서 일한 품삯이라도 달라고 해."

"그렇게 물러 터져서 앞으로 남은 삶 어떻게 살려고 그래."

"그러게 이미 저승길 받아 놓은 양반 뭣 하러 살리겠다고 그 많은 병원비를 쏟아 쏟기를…."

"그런 말씀 하지 마세요. 그렇게라도 했으니 제 맘이라도 편하지 안 그랬으면 저 못살아요."

"자기 남편 살리자고 둘째 딸 신용 불량자 만들어 놓구선."

"내일 당장 두 딸내미랑 약 먹고 죽을 것 아니면 앞날 생각해서라도 한번 알아봐."

"알아볼게요. 그나저나 다음 달부턴 월세를 올려 드려야 할 텐데. 죄송하네요."

"나야 뭐 월세 십만 원 더 안 받는다고. 암튼 내 고 씨 보기가 딱해서 그래."

"그래. 목 씨 같은 건물주만 있으면 월세살이도 할 만하지. 안 그래?"

"하긴. 지난달에도 상대원 복지관이랑 지역 아동 센터에 쌀 열 포대나 보냈다며."

"아니, 다들 새삼스럽게 왜 그런다냐?"

"죄송해요, 아주머니. 조만간 올려 드릴게요."

고 씨는 팔이 욱신거린다. 아침에 진통제 먹는 것을 깜빡했다. 체납된 건강 보험료라도 낼까 싶어서 주민 센터 사회 복지팀에 서류를 냈다. 하지만 담당 사회 복지사는 고 씨가 내민 등본을 확인하더니 장성한 자식이 둘이나 있어서 긴급 지원 대상이 아니란다. 그의 책상 위엔 고 씨처럼 가난을 증빙하는 사람들의 서류가 수북하다.

3

혜련은 편의점 아르바이트를 시작했다. 사흘째다. 야간이다. 사장은 처음 한 달은 새벽 근무를 원했다. 유통 기한을 막 넘긴 삼각 김밥 두 개로 새벽의 허기를 면했다. 교대를 마치고 집에 온 혜련은 현관에서 신발 벗을 힘도 없다. 거실에 쓰러지듯 눕는다. 편의점 일이 서툰 탓도 있지만 새벽 손님들을 상대하는 일이 버겁다. 야간 근무는 남자도 힘들다. 전임자도 일주일 만에 그만뒀다. 버틸 수 있을까? 버텨야 한다. 버티면. 조금은 나아질까? 혜련은 피곤한 몸을 돌아눕는다. 형광등이 깜빡인다. 천장은 어둡고 아득하다. 새벽에 폭언을 쏟아붓던 사내의 매서운 표정이 아른거린다. 도시락을 훔쳐 달아나던 고등학생의 얼굴도 떠오른다. 도시락 세 개는 그녀의 일당에서 빼야한다. 몸이 천근만근

무겁다. 잠이 올 것 같지 않다. 돌아눕는다. 창이 보인다. 한낮에도 커튼을 치면 까만 세상이 되어 버리는 방. 붉은 커튼을 열면 붉은 벽돌이다. 어둡긴 마찬가지다. 스물 네 시간이 깜깜하다.

"언니, 이제 만화는 포기했어? 요즘은 습작한 게 거의 없네. 그 많던 만화책도 다 내다 버리고."

"만화책 대여점에 모두 팔았어."

"웹툰도 100회 이후로는 안 올라오던데."

"마감하기로 했어. 어차피 다음 달에 계약도 종료되고."

혜련이 걱정스런 표정으로 혜정을 쳐다본다. 혜정은 웃는다. 언니의 미소는 서늘했다. 어릴 때부터 몸이 아픈 탓인지 불안증에 시달렸다. 불안한 말들을 했다. 그나마 만화를 그릴 때는 즐거워했다. 포털에 웹툰 연재를 시작할 때는 너무나 행복해 하던 언니였다. 언니는 아침에 건조대에 널어 두었던 빨래를 개며 말한다.

"혜련아."

"왜?"

"아니 그냥."

"언니 또 이상한 생각 하는 거 아니지?"

"그런 거 아니야."

"정말이지?"

웹툰 매니저는 가족들의 삶을 소재로 웹툰을 그려 보라고 했다. 다들 그렇게 한다고. 타인의 고통과 불행을 통해 위로를 얻고 동정할 대상을 찾는다고. 이십 년을 장마가 져도 홍수가 나지 않을. 달에서 가장 가까운 동네의 이야기를 해 보라고. 양념처럼, 가난이 스며들던 당신들의 비루한 삶을 조각조각 넣으라고. 겨울이면 연탄을 때고 타고 남은 연탄재로 얼었던 길을 덮는, 언덕이 높은 달동네의 사연을 풀어 보라고. 그래, 사람들은 그런 이야기에 감동할 것이다. '좋아요.'도 누르고 추천도 해줄 것이다. 구독자도 조회 수도 늘 것이다. 자신들보다 불행한 웹툰 속 주인공들의 상황에 위로를 받으면서. 하지만 혜정은 그런 이야기를 그릴 수 없었다. 그리기 싫었다. 타인의 시선으로 바라볼 때 감동이 넘쳐나는 이야기들. 가난을 팔아서 돈을 벌고 싶지는 않았다.

4

강은 석 달 전만해도 P 저축 은행 강남 지점의 부지점장이었다. 내년 봄에 지점장 승진을 앞두고 있었다. 하지만 뜻하지 않은 대출 사기에 휘말렸다. 지점장이 소개한 사람이었다. 회사는 그 일로 이십억 원을 손해 봤다. 누군가는 책임을 져야 했다. 지점장은 은행장의 조카였다. 십오 년이 넘게 일하던 직장을 그만두었다. 억울했다. 그렇지만 강은 절망하지 않았다. 그에겐 강남 서초동에 사십사 평짜리 아파트 한 채와 고향에는 부모님이 물려주신 땅 칠천 평이 있다. 사랑하는 아내와 초등학교를 다니는 딸둘이 있다. 작은 아이는 애교를 잘 떨었고 큰애는 새침했지만 공부를 잘했다. 행복했다. 더할 나위 없이. 부모님이 물려주신 고향의 땅을 팔면 강남에 아파트 한 채는 더 살 수 있다. 잠시 쉬면서 재충전을 하면 좋은 직장을 구할 수 있을 것이다. 강은 전과 다름없는 사회적 지위와 명예, 여유를 누릴 자신이 있었다. 강은 오히려 이번 위기가 새로운 시작을 위해 좋은 기회라고 생각했다. 통장에는 생활비도 충분했다. 일 년 전 사 두었던 비트코인도 크게 올랐다. 강은 퇴직 후 골프와 등산, 그리고 그동안 시간이 없어서 하지 못했던 취미를 즐겼다. 하지만 그가 가장 공을 들인 것은 서재에 설치한 모니터 두 개였다. 그날의 비트코인과 주식 시황이 시시각각 커다란 모니터에 펼쳐졌다. 연일 상승장이다. 이대로 가면 대박이다. 강은 갖고 있던 퇴직금을 모두 쏟아 부었다.

5

한강에 어둠이 내리면 잠실 대교의 가로등에 하나 둘씩 불이 들어온다. 아파트 13층에서 바라보는 한강의 야경은 아름답다. 일렁이는 강물에 반사된 불빛이 오늘따라 더 빛난다. 지상의 모든 것들은 하찮았다. 강은 더 높이 올라가고 싶었다. 그의 삶도, 부와 명예도, 그가 살고 있는 아파트도. 최소한 그와 가족들이 누리던 생활만은 유지하고 싶었다. 한 달에 한 두 번은 아내와 두 딸에게 고급 레스토랑에서 명품 와인과 최상급 스테이크를 사주고 싶었다. 지금껏 그렇게 살았다. 능력 있는 남편으로. 자상한 아빠로. 로열패밀리는 아니더라도 상류층의 삶을 누렸다. 앞으로도 그렇게 살 것이다. 똑똑한 소연이는 의사나 대학 교수가 되기를 바랐다. 피아노에 재능을 보이는 소율이는 중학생이 되면 독일이나 이탈리아로 유학을 보내고 싶었다.

"두원아. 미안한데 S 은행도 어렵겠다."

"너도 잘 알잖아. 이 바닥 상황 뻔한 거. 그동안 해 왔던 니 투자 실적도 그렇고. 게다가 지난번에 내부자 거래 건이 좀 컸어. 알아봤더니 벌써 이 바닥에 소문 다 났더라. 아마 다른 데도 블랙 걸렸을 거야."

"그래. 어쨌든 신경써 줘서 고맙다."

강은 전화를 끊었다. 아무렇지 않은 척 했다. 목소리가 조금 떨렸다. 눈치 빠른 친구는 그걸 알아챘을 것이다. 강의 잘못도 있었지만 억울했다. 그는 은행장 조카인 지점장의 지시를 따랐을 뿐이다. 국세청과 금융 감독원의 조사를 받게 된 회사는 얼마 안 되는 위로금을 주고서 그를 해고했다. 이직할 곳을 알아봐 준다는 지점장의 말과 함께. 지점장은 진심이었지만 최선을 다하진 않았을 것이다. 강은 모니터 두 개를 번갈아가며 주시했다. 강이 일주일 전에 산 비트코인은 잠시 고점을 찍더니 삼 일째 바닥을 친다. 강은 점점 불안했다. 뭔가 잘못되어 가고 있다. 강의 인생은 탄탄대로였다. 하지만 회사에서 해고되던 날부터 일이 꼬이기 시작했다. 자신의 운명이 끝없는 나락으로 추락할 것만 같았다.

아내는 단골 숍에서 마사지를 받고 온 듯 피부가 뽀얗다. 고생이라곤 딸 둘 키우는 게 전부인 아내를 바라보며 강은 자신이 아직도 그녀를 사랑하고 있는지 궁금했다. 처음부터 사랑은 했었던 것일까? 아내는 요리를 잘한다. 무용을 잘한다. 그리고 아내는 명품을 좋아한다. 샤넬을, 구찌를, 루이 비통을, 크리스찬 디올을 두 딸만큼이나 사랑한다. 백화점도 동네 마트 가듯 다닌다. 하지만 그녀는 죄가 없다. 맑고 순수하다. 그녀는 돈이 없는 사람들을 무시하지 않는다. 측은하게 여길 뿐이다. 가끔 소연이와 소율이를 데리고 보육원이나 양로원에 가서 하루 종일 봉사도 한다. 인간극장을 보다가 눈물도 흘리고 기부도 한다. 그녀가 살아야 하는 삶의 방식을 충실히 살고 있다.

"여보, 애들 학원 다른 곳으로 옮길까 봐."

"왜? 지금 학원도 옮긴 지 얼마 안됐잖아."

"그 학원 선생님들 실력이 별로인가 봐. 학원비도 비싼데 선생님도 자꾸 바뀌고. 얼마 전에 수학 선생 한 명이 성추행으로 구속됐대. 이번에 다른 엄마들도 학원 옮긴대."

"이번엔 얼마짜린데."

"이백만 원."

6

"얘, 너희 신랑 아직도 백수라며?"

"경희네 신랑은 다음 달 지점장으로 승진한단다."

"어머, 은영이네 남편은 지난달에 정교수 됐다던데."

"얘, 거기는 남편보다 은영이가 더 잘 나가잖아."

"하긴. 남편이 은영이 덕을 보고 있지."

"그나저나 너네 신랑 무슨 계획은 있는 거니? 너무 오래 쉬는 거 아냐?"

"너네 신랑, 몰락한 거야?"

강은 친구를 만나고 돌아왔다. 세 번째 거절이다. 반쯤 문이 열린 안방에서는 아내와 친구들이 차를 마시며 수다를 떨고 있다. 강은 간간히 들려오는 그녀들의 웃음소리에 신경이 쓰인다. 호호호. 하하하. 까르르. 깔깔깔. 여자들의 웃음소리는 같은 톤이지만 그 의미는 상황에 따라 다양했다. 방금 전의 경박한 웃음소리는 자신을 향한 것이 분명했다. 백수. 몰락. 아내는 자신의 남편을 흉보는 친구들 사이에서도 여전히 맑고 순수하다. 아내나 친구들이 원망스럽지 않았다. 하지만 친구 남편 흉을 보려면 문이라도 닫고 수다를 떨든지, 라며 강은 조용히 거실을 지나서 컴컴한 서재로 들어간다. 백수. 몰락. 전락. 안방에서 들리던 짧은 단어 세 개가 강의 뇌리를 오랫동안, 그리고 폭풍처럼 휘감는다. 강은 서재 한쪽에서 먼지에 쌓여있던 책을 한 권 꺼낸다. 그가 대학생 때 읽었던 카뮈의 소설 「전락」이다. 전락, 한 인간의 파국을 뜻하는 비극의 단어는, 카뮈의 다른 소설 「이방인」의 '불행의 문을 두드리는 네 번의 짧은 노크'를 떠올리게 한다. 탕.탕.탕.탕. 뫼르소는 해변에서 왜 그 아랍인에게 총을 쏘았을까? 햇빛 때문이었다고. 뫼르소는 재판장에서 말한다. 정말 햇빛 때문이었을까. 그래도 그 아랍인은 '네 번의 짧은 노크'를 듣기 전까지는 누구보다 행복하지 않았을까? 라고 강은 생각했다. 그러면서 자신은 결코 불행의 문을 두드리는 '네 번의 짧은 노크'를 듣지 않을 거라고 생각했다.

강은 꿈을 꾸었다. 직선으로 뻗은 트랙에서 앳된 얼굴을 한 선수들이 뛰어나갈 자세를 하고 있다. 땅! 소리와 함께 선수들은 백 미터 앞을 향해서 전력 질주를 한다. 가장 먼저 결승선을 통과한 강은 아직도 뛸 힘이 남아있다. 강은 고등학교 2학년 이후로 백 미터 달리기를 해 본 적이 없다. 달려야 할 목적도, 운동장도, 백 미터 앞에서 기록을 재 줄 체육 선생님도 없었다. 구십구도 아니고 백일도 아닌 정확히 백 미터. 15.3초. 강이 기억하는 최고 기록이다. 지금은 얼마나 될까? 19초, 배가 나왔어도 20초는 넘지 않을 거야. 그러니까 강의 인생에서 백 미터 최고 기록은 15.3초이다. 줄어드는 것이 달리기 속도뿐일까? 바닥을 찍은 주식은 다시 오를 기미가 보이지 않는다. 일주일 사이로 본 손해가 일억 원이 넘는다. 아파트를 담보로 삼억 원을 대출 받았다. 통장엔 삼천만 원이 남았다. 아내의 씀씀이는 여전하다. 아이들이 새로 옮긴 학원비가 비싸긴 했지만 감당할 수 있다. 증권사에 다니는 아내 친구의 신랑이 지점장으로 승진했다. 다음 주말에 부부 동반 골프 약속을 잡았다. 조금씩 불안했지만 최대한 자연스럽고 여유가 넘쳐야 한다.

7

땅거미가 질 무렵 병원에서 전화가 왔다. 익숙한 음성의 간호사는 어머니의 뼈가 제대로 붙지를 않아서 빨리 수술을 해야 한다고 했다. 혜련은 어머니에게 답답해도 깁스를 계속 하고 있으라고 했다. 어머니는 조금이라도 돈을 벌겠다며 폐지 줍는 일을 시작하시더니 기어이 아물던 상처를 키웠다. 간호사는 보호자가 와서 사인을 해야 수술 날짜를 정할 수 있다고 했다. 혜련이 카디건을 걸치고 안방 문턱을 넘는데 다시 전화벨이 울린다. 이번엔 언니가 다니는 병원이다. 언니의 신장 투석 일정이 잡혔다. 혜련은 다리에 힘이 풀린다. 숭숭 구멍 뚫린 관절을 조이고 있던 나사라도 풀린 것처럼 그 자리에 털썩 주저앉았다. 그날 저녁 고 씨와 혜련은 말없이 저녁 밥상에 앉았다. 고요했다. 혜련이 밥상에 수저를 내려놓더니 참았던 눈물을 터뜨린다. 고 씨도 참았던 눈물을 터뜨린다. 서로를 붙잡고 서럽게 운다. 김이 모락모락 나던 밥과 뜨거운 콩나물국이 차갑게 식을 때까지 두 모녀는 밥상 위에서 소리 내어 꺼이꺼이 울었다. 하지만 혜정은 그날 끝까지 울지 않았다. 그녀는 혼자서 차갑게 식어 버린 밥과 국그릇을 다

비웠다.

"나, 신장 투석 안 받을래."

밥상 위에 숟가락을 내려놓은 혜정이 나지막한 목소리로 말했다.

"안 받으면."
"약 먹으면 되지 뭐. 저녁에 운동 더 많이 하고."
"무릎도 안 좋으면서 운동을 더 한다고."

신장 투석을 남의 일처럼 말하는 혜정은 얼굴이 더 검고 푸석푸석했다. 티 하나 없이 깨끗하고 하얗던 혜정은 몇 달 전부터 얼굴이 검고 푸석푸석했다. 윤기 나고 찰랑거리던 머릿결은 거칠다. 붉던 입술은 갈라지고 터지며 검게 변했다. 고 씨는 자포자기하는 혜정을 향해 모질게 말하지 못하는 자신이 싫었다. 다시 사채를 빌려서라도 투석을 받게 해 줄게라는 말이 입에서 나오지 않았다. 혜련도 마찬가지다. 다음 주가 수술인데 백만 원남짓 드는 어머니 수술비도 아직 마련을 못했다. 주민 센터 사회복지사는 여전히 친절하기만 하다.

세 모녀는 그날 일찍 잠자리에 들었다. 하지만 그들은 새벽 늦게까지 잠들지 못한 채 뒤척였다. 그리고 고 씨와 혜련은 아침도 거른 채 일찍 집을 나섰다. 밤을 꼬박 세운 혜정은 고 씨와 혜련이 아침 일찍 집을 나가는 걸 확인하고서야 이불 속에서 참았던 울음이 봇물처럼 터진다.

8

자기애가 강한 사람은 어느 날 자신도 모르게 짐승이 된다. 그 반대의 경우도 마찬가지다. 다른 점은 그 짐승이 전자는 자신을 파괴하지만, 후자는 타인을 파괴한다.

"왜 송충이는 솔잎을 먹어야 한다는 말 있잖아, 그 반대도 딱 그렇더라. 뱁새가 황새 쫓아가다가 가랑이 찢어진다지만 황새처럼 살던 사람은 뱁새처럼 못 살아. 차라리 죽는 게 나아. 여럿 봤어. 사업 부도나고 치킨집 하다가 망하고 택배 하다가 오토바이 사고로 다리 부러지고. 결국엔 한강에서 차디찬 강물 속으로 뛰어내리지. 그나마 그 사람들은 밑에서부터 올라왔으니까 그런 시도라도 해 볼 수 있지. 나나 너처럼 고생 없이 자란 사람들은 죽어도 그렇게 못 살아. 나도 피자집 망하고 새벽에 여러 번 갔

어. 한강으로. 근데 난 도저히 못 뛰어내리겠더라. 그 어둡고 차
디찬 강물 속으로 뛰어내리는 것도 아무나 할 수 있는 짓이 아니
더라. 아무리 술에 취했어도. 죽지 못해 살긴 하지만, 그게 어디
사는 거냐.”

강은 은행에서 이억 원을 더 대출 받았다. 지난번에 대출 받은
걸 더하면 오억 원이다. 강은 집에서 좀 떨어진 곳에 월세 오십
만 원짜리 고시원에 방을 하나 얻었다. 집에선 가족들 시선 때문
에 주식에 몰두하기가 힘들었다. 아내에게는 학교 선배의 추천
으로 신생 증권회사에 과장으로 취직을 했다고 했다. 아내는 축
하한다며 명품 구두와 정장을 선물했다. 강은 아침 여덟 시에 집
을 나섰고 아홉 시 전에 집에 왔다. 회식이나 접대를 이유로 일
주일에 한두 번은 자정이 넘어서 집에 들어오기도 했다. 강은 직
장에 다닐 때처럼 아내에게 생활비로 매달 사백만 원씩 주었다.
아이들 학원비는 별도였다.

9

언니 혜정이 며칠 전부터 삼겹살을 먹고 싶어 했다. 편의점
일을 마친 혜련이 단골 정육점에서 삼겹살 한 근을 샀다. 혜련

은 고기를 들고 나오면서 정육점 사장에게 평소처럼 인사를 했다. 정육점 사장은 혜련의 뒷모습을 보며 서늘한 느낌을 받았지만 이내 옆에 있던 손님이 주문한 고기를 썰었다. 혜련은 길 건너편 진로 마트에서 통마늘과 깻잎, 버섯, 비닐에 포장된 양파도 세 쪽 샀다. 진로 마트 사장에게도 인사를 했다. 장을 보던 주인 아주머니에게도 인사를 했다. 세 모녀가 둘러앉은 방은 삼겹살 냄새로 가득하다. 삼겹살이 절반 정도 남았지만 배가 부르다. 하지만 세 모녀는 숟가락을 상 위에 놓지 않는다. 혜련은 검은 봉지에 마지막 남은 삼겹살 한 점을 집더니 달궈진 불판 위에 올린다. 고 씨는 화장지로 기름기 가득한 책상을 닦는다. 그리고 물을 묻힌 행주로 책상을 다시 닦는다. 혜정은 기름기 가득한 그릇을 들더니 싱크대로 가서 설거지를 한다. 혜련은 장롱에서 요를 꺼내고 이불도 새것으로 꺼낸다. 세 모녀는 나란히 앉아서 텔레비전을 본다. 코미디 프로다. TV를 보며 크게 웃는다. 9시 뉴스도 본다. 친딸을 앞에 두고도 못 알아보는 어머니. 드라마가 끝나자 자정이다. 세 모녀는 한 이불 속에 눕는다.

수면제 열 알이면 충분했다. 고 씨, 언니, 그리고 혜련. 죽음은 무엇일까? 존재가 없는 시간. 모든 것들이 무로 돌아가는. 고통도, 슬픔도, 불안도, 희열도 없는 태초의 시간으로. 째깍, 째깍. 벽에 걸린 시계의 초침이 돌수록, 끝과 시작이 없는 단 하나의 점으로 남겨질 순간이 다가온다. 나무도 꽃도 싱그러운 풀도 없는, 숨을 쉴 필요도 없고, 모든 순간이 영이 되는 순간. 세 모녀에겐 너무 가혹했던 생. 그 생과 사의 경계에서. 죽음의 의식만은 평화롭고 싶다. 누구보다 열심히 살았지만, 돌아오는 건 절망뿐이던 그 비루했던 시간의 보상으로. 아버지가 건강했으면, 언니가 건강하게 태어났으면, 어머니가 친언니처럼 믿었던 계주에게 사기를 당하지 않았으면, 그리고 혜련이 신용 불량자가 되지 않았으면, 아니 세 모녀가 좀 더 열심히 세상을 살아 냈으면 지금보다 나았을까? 기껏해야 다섯 평 남짓이던, 세 모녀의 삶의 공간이, 단단하고 차가운 벽들이 그녀들을 향해 서서히 조여 온다. 세상을 의식하던 순간부터 세 모녀가 편안한 공간은 그 정도였다. 물리적 공간뿐만 아니라 심리적 공간도 그 언저리였다. 아무리 넓은 곳에 있어도 세 모녀가 완전히 편안함을 느끼는 공간은 다섯 평이었다. 다가오는 벽들은 세 모녀의 팔을 바스러뜨리고 머리를 짓이긴다. 그건 네 탓이 아니야. 네 잘못이 아니야. 할 만큼 했어. 그러니 네 삶을 자책하지 마. 행복했던 시절을 생각해. 네 식구가 한방에 둘러앉아 불판 위에서 삼겹살을 구워 먹던 시간, 싱싱한 상추 위에 잘 구워진 삼겹살 한 점 올리고 깻잎 하나, 마늘 한 쪽, 쌈장까지 올린 후 한 잎 크게 말아 서로의 입에 푹푹 넣어 주던 그때를. 아! 행복하다. 그때만 해도 붉고 촉촉했던 언니의 입에서 행복이라는 단어가 메아리처럼 울려 퍼졌어. 그러나 다시는 돌아올 수 없는 열아홉 살의 그 시간. 항상 그때가 그리웠어. 불판 위에서 잘 구워진 삼겹살이 맛있었다기보다는 희망이 있었거든. 언니는 만화가가 되고, 혜련은 대학을 졸업해서 반듯한 직장을 얻고 좋은 남자를 만나 결혼을 하고 아들딸 낳고, 어머니는 더 이상 월세를 내지 않아도 되는, 뜰이 있는 작은 집 한 채를 마련하는 희망. 화사했던 그해 봄날 오후 두 시처럼, 모두가 행복하게 웃던 날. 그립고 행복한 시간이었어. 엄마, 언니, 그리고 혜련. 태초의 시간에서 자유로워지기를.

혜련은 방 안의 모든 틈을 테이프로 막는다. 휴대폰도 어제 날짜로 모두 정지시켰다. 종이, 캔, 플라스틱, 바나나 껍질. 쓰레기도 종류별로 담아서 바깥에 가지런히 내놓는다. 된장찌개를 끓이던 냄비에 넣어둔 번개탄은 꺼지지 않도록, 혜련의 정신이 아득해질 때까지 불씨를 몇 번이나 확인한다. 삼십 분 전에 수면제를 삼킨 언니와 어머니는 반듯한 자세로 누워 있다. 혜련은 수면제를 먹기 전 책상에 앉아서 주인아주머니에게 마지막으로 전할 편지를 쓴다. 반듯하던 글씨 위로 눈물방울 하나가 툭! 떨어진다. 종이에 글씨가 번진다. 혜련은 아랑곳하지 않고 계속 편지를 써 내려간다.

"주인아주머니께. 아주머니 죄송합니다. 이번 달 집세와 공과

금입니다. 저희 때문에 한동안 방이 안 나갈 것 같아 두 달 치 방세와 공과금도 넣었습니다. 셋방 정리하고 보증금에서 남은 돈은 가까운 복지 시설에 기부해 주세요. 그동안 감사했습니다. 정말 죄송합니다."

혜련의 휴대폰에 문자가 온다.

"고객님, 이번 달 말까지 대출 이자 납부 바랍니다."

오늘이 지나면 더 이상 죄책감에 시달리지 않아도 될 세상의 부채들. 후련하다. 혜련의 아버지 수술비로 빌려야 했던 천오백만 원은 어느덧 삼천만 원이 넘었다. 조금씩 갚았지만 빚은 계속 늘었다. 수면제를 삼킨 혜련은 의식이 아득해진다. 현실과 꿈속을 헤맨다.

"이상하지?"

언젠가 빚 독촉에 시달리며 서럽게 울던 혜련에게 언니가 물었던 말이 떠오른다.

"이상한 나라야. 가난에는 이자가 붙는 게. 버스비, 지하철, 고

속 도로 통행료, 전기 요금, 가스 요금, 전화 요금. 가난한 사람들에겐 모든 걸 깎아 주는데 오직 돈만 이자가 더 붙는다."

10

메르디앙 호텔은 봉은사 가는 길에 있다. 유럽풍의 클래식한 외관은 부드러운 라벤더와 블루, 그린 색감이 주변의 차가운 건물과 차이를 드러낸다. 그 호텔엔 강이 가족과 자주 가는 셰프 퐁네트가 있다. 젊은 스타 셰프 셋이 운영하는 셰프 퐁네트는 모던한 스타일의 뷔페식을 내놓는다. 와인은 최상급이었고 시어링이 잘된 스테이크도 언제나 깊고 예민한 강의 혀를 만족시켰다. 내부 인테리어는 흑과 백이 절묘한 조화를 이룬다. 천장이 높고 훤히 보이는 유리벽으로 실내 전체가 화사했다. 테이블 간격도 넓다. 흰 식탁보로 덮힌 테이블 중앙엔 유리병에 파란 장미 세 송이가 서로 엇갈린 채 서 있다. 분위기를 돋우는 재즈풍의 멜로디는 익숙하지도 그렇다고 너무 생경하지도 않았다. 서빙을 하는 스텝들은 교육을 잘 받았는지 옷은 흑백으로 단정했으며 손님들에게 절제된 미소를 보였다. 네 식구가 한 번 오면 오십만 원 정도는 지불해야 했지만, 이곳에 오면 강은 귀족이 된 것 같은 느낌을 받았다. 그것이 이곳을 찾는 이유였다. 그런 날은 아내가 더 예뻐 보였고 아이들은 더욱 사랑스러웠다. 오늘의 아뮤즈 부쉬는 입맛을 한층 돋운다. 아내는 셰프가 권하는 오늘의 메뉴 중에서, 티본스테이크를 주문한다. 소연이와 소율이는 배시시 웃으며 접시에 파스타를 담는다. 소책자를 보며 따라가는 와인 미각 여행의 종착지는 스페인이다. 엘 꼬또 블랑코, 엘 꼬또 데 리오하. 잘 숙성된 향과 산미가 입안을 가득 채운다. 아내는 기분이 좋은지 직원을 부르더니 와인 한 잔을 더 주문한다. 붉은 와인에 취한 아내는 얼굴에 홍조를 띈다. 아내는 강의 어깨에 살며시 머리를 기댄다. 봄이 오면 프랑스로 가족 여행을 다녀오자고 한다. 강의 표정이 어두웠지만 아내는 개의치 않는다.

새벽 세 시다. 방 안에는 소주 세 병과 와인 병이 흩어져 있다. 바닥엔 두 딸에게 감기약이라고 하며 먹이고 남은 수면제 몇 알이 흩어져 있다. 숨이 끊어진 두 아이의 얼굴은 핏기가 없다. 둘째의 목엔 붉은 머플러가 풀어져 있다. 첫째의 목엔 전깃줄이 감겨 있다. 잔망스럽던 아이의 눈과 입에서 바닥으로 흘러나온 피가 검게 굳었다. 아내는 왜? 왜? 당신이 도대체 왜? 우리를. 침대에서 버둥거리던 아내는 정신을 잃고 축 늘어졌다. 잠옷은 찢어지고 침대를 은은하게 밝히던 무드 등과 깨진 거울 조각들이 침대와 바닥에 널브러져 있다. 거실에서 잠을 자던 검은 슈나우저 한 마리가 제 주인의 날선 비명을 들었는지 짖어 대며 방문을 마구 긁어 댔다. 강은 삼분의 일쯤 남아있던 와인 병을 들더니 고개를 젖히고 벌컥벌컥 입으로 붓는다. 강아지의 문 긁는 소리가 신경을 거슬린다. 강은 빈 와인 병을 문 쪽으로 던진다. 쾅! 문에 부딪힌 병은 사방으로 산산조각이 난다. 맑은 콧물이 흐른다. 울음인지 웃음인지 모를 신음이 강의 입에서 흘러나온다. 자신을 따뜻하게 품어 주던 공간에서 죽음의 냄새를 맡은 강아지는 더욱 더 격렬하게 문을 긁어 댄다. 그리고 귀가 찢어질 듯이 크게 짖어 댄다. 강의 양쪽 눈가에선 주르륵 눈물이 흐른다. 정신을 잃기 직전 자신을 쳐다보던 아내의 눈빛이 잊히지 않는다. 무섭고 두렵다. '지금 내가 아내와 소연이 소율이에게 무슨 짓을 한 거지? 왜 이렇게까지 되어야 했던 거지?' 소주를 세 병이나 마셨지만 의식은 더욱 맑아진다. '어쩔 수 없었어. 이게 최선이야. 내가 없으면 어차피 모두가 불행해져. 아니야. 내가 지금 무슨 짓을 저지른 거지.' 쿵. 쿵. 쿵. 쿵. 어디선가 차가운 노크 소리가 들린다. 쿵. 쿵. 쿵. 쿵. 환청이다. 강은 소리를 지르며 두 손으로 양쪽 귀를 틀어막는다. 핸드폰에서 진동이 울린다. 토요일에 손주들 보러 올라오겠다는 어머니의 문자다. 강은 전화기를 든다. 112에 신고를 했다.

"사람을 죽였습니다."

강은 119 상담원에게 자신의 아파트 주소를 말하고 황급히 전화기를 끊었다. 아무라도 와서 제 손으로 숨을 끊어 버린 아내와 딸의 시신을 수습해 주기를 바랐다. 염치없게도 자신이 저지른 끔찍한 범죄를 누군가 마무리해 주기를 바랐다. 손과 발이 덜덜 떨린다. 제대로 걸을 수가 없다. 강은 비틀거리며 밖으로 나온다. 벽과 기둥에 몸을 맡긴 채 비틀거리다가 엘리베이터를 탄다. 초점을 잃은 시선과 경직된 몸짓을 보던 할머니가 손녀를 와락 품 안으로 껴안는다. 강은 지하에 주차된 차 문을 열고 시동을 켠다. 차를 몰고 아파트를 벗어난다. 도로는 한산하다. 정처 없이 차를 몬다. 차들이 경적을 울리며 아슬아슬하게 강을 비켜간다. 강은 브레이크와 엑셀러레이트를 수시로 밟았다.

쿵쿵쿵쿵.

다시 환청이 들린다. 그의 삶은 끝났다. 머릿속은 창백한 얼굴로 방바닥에 쓰러져 있던 아내와 두 딸의 얼굴로 가득했다. 몰락. 전락. 파멸. 비난과 비웃음으로 가득할 사람들의 시선들. 강은 자신 있었지만, 결국 '불행의 문을 두드리는 네 번의 짧은 노크'를 그도 피할 수가 없었다. '여보. 미안해. 하지만 어쩔 수 없었어. 이게 최선이었어. 소율아, 소연아. 아빠가 지은 죄는 지옥에서 영원히 갚을게.'

11

쿵쿵.

쿵쿵쿵.

아침 여섯 시다. 목 씨는 일층 하수구가 역류하는 통에 아침 일찍 세 모녀의 현관문을 두드렸다. 지난번에 고 씨의 화장실 하수구가 막혔었다. 그런데 기척이 없다.

쿵쿵쿵쿵.

목 씨는 현관문을 네 번이나 두드렸다. 하지만 안에서는 아무런 기척이 없다. "이상하네. 이 시간이면 늘 불이 켜져 있는데. 오늘따라 늦잠이네. 고 씨, 일어났어? 혜련아, 혜정아. 또 화장실 하수구가 막혔나 봐." 목 씨가 동네가 떠나가라고 크게 소리를 질렀다. 안에서는 여전히 아무런 기척이 없다. 설마. 목 씨는 까닭 모를 불안이 엄습했다. 비상 열쇠로 현관문을 열었다. 거실과 주방에서 불쾌한 냄새가 코를 찔렀다. 어지러웠다. 목 씨는 손으로 코를 틀어막았다. 숨을 죽인 채 안방 문을 열었다. 세 모녀가 한 이불 속에서 나란히 누워 있다. 위쪽엔 타고 남은 번개탄이 식어 있다. 어둑한 방 안에는 잿빛 죽음의 연기로 가득했다. 어머나. 목 씨는 놀란 나머지 뒤로 벌러덩 넘어졌다. 전신이 부들부들 떨렸다. 정신을 차린 목 씨는 119에 신고를 했다. 그리고 고 씨의 어깨를 잡아서 마구 흔들었다. 혜정이도 혜련이도 움직임이 없다. 밖으로 꺼내야 했다. 하지만 목 씨 혼자서는 밖으로 세 모녀를 끌어낼 수가 없었다. 목 씨는 허겁지겁 진로 마트로 달려갔다.

"오 사장님, 큰일 났어요. 빠… 빨리요."

목 씨와 오 사장이 전신이 축 늘어진 혜련을 들고서 계단을 내려왔다. 찬 공기를 들이마시자 혜련은 의식이 돌아왔다. 하지만 고 씨와 혜정은 여전히 의식이 없다. '어떻게, 어떻게.' 목 씨는 발을 동동 굴렀다. 오 사장이 급한 대로 고 씨에게 인공호흡을 했다. 아침 일찍 공장으로 출근하던 사람들도 가던 길을 멈췄다. 삼거리 골목은 금세 사람들로 웅성거렸다.

"세상에나 이게 뭔 일이래요?"
"저 사람들 죽었어요?"
"한 명은 살았어요. 연탄가스를 마셨나 봐요."

젊은 사내 한 명이 흰색 점퍼를 벗더니 혜정에게 심폐 소생술을 했다. "119. 119. 빨리. 왜 안 와." 목 씨가 다시 119에 전화를 했다. 잠시 후, 삼거리 골목의 가운데로 경찰차 한 대가 경광등을 울리며 들어왔다. 뒤에는 구급차 두 대가 뒤따라 왔다.

"아줌마. 저 머리가 깨질 것 같아요."

혜련이 괴로운 듯 목 씨를 불렀다.

"아이구야, 한 명은 살았네, 살았어."

혜정도 잠시 후 의식이 돌아왔다. 안타까운 표정으로 구경하던 사람들이 안도의 한숨을 내쉰다. 오 사장이 집에서 동치미 국물 한 사발을 가져오더니 혜련과 혜정에게 벌컥벌컥 마시게 했다. 하지만 고 씨는 여전히 정신을 차리지 못했다. 세 모녀는 구급차에 실린 뒤 병원으로 이송됐다.

12

강물은 깊고 차가웠다. 강은 물속에서 한없이 허우적거렸다. 누군가 강의 양 어깨를 힘차게 움켜잡았다. 가슴을 압박했다. 강은 몸속에 가득 담고 있던 물을 밖으로 뿜었다. 오한이 들었다. 어둠 속에서 누군가 강에게 담요를 덮어 주었다. 잠시 후 강 너머로 빛이 보이더니 구급차 소리가 들렸다. 강이 다시 정신을 차렸을 때는 그가 어릴 적 부모님과 자주 다니던 시골 병원이었다. 시간이 얼마나 흘렀을까? 강은 여전히 차가운 강물 속에 있는 것처럼 온 몸에 한기가 들었다. 머리는 으깨질 듯이 아팠다. 몸은 부들부들 떨렸다. 헛구역질도 했다. 강이 완전히 정신을 차리자 체격이 건장한 사내 두 명이 강에게 다가왔다.

타닥타닥. 젊은 형사 한 명이 컴퓨터 앞에서 조서를 작성 중이다. 그는 며칠은 집에 못 들어간 듯 한쪽 머리가 떡이 졌고 얼굴은 푸석푸석했다. 타닥타닥. 사방에서 타자 소리가 크게 들린다. 강은 지난밤, 아니 며칠 전 자신이 두 딸과 아내에게 벌인 끔찍한 일들을 떠올렸다.

"형사님 아내는… 제 딸은."
"이름이 뭐예요, 나이는?"

형사는 시선을 모니터에 둔 채 그가 평소 용의자에게 했을 법

한 질문을 했다.

"이름, 나이, 직업?"
"형사님, 딸이랑 집사람은 어떻게 됐나요?"
"이름부터 말해요."
"딸이랑 집사람은 어떻게?"

형사는 치던 타자를 멈추고 강을 물끄러미 바라봤다.

"두 딸은 사망했고, 당신 부인은 의식이 없어요. 도대체 무슨 생각으로…"

강은 형사의 말이 끝나기도 전에 고개를 떨궜다. 그는 피가 날 정도로 입술을 우지끈 깨물었다. 괴로운 듯 두 손으로 머리를 쥐어뜯었다. 그리고 흐느꼈다. 하지만 이제 와서 후회해 봤자 소용이 없었다. 그날 자신도 죽었어야 했는데. 강은 자신을 구해준 사람이 몹시 원망스러웠다. 그는 조사를 받고 양손에 수갑을 찬 채 장례식장으로 향했다.

두 딸의 장례식장에선 한바탕 큰 소란이 일었다. 강의 처남이 장례식장 입구에 들어서는 강을 보더니 맨발로 달려와서 멱살을 잡았다. 그러더니 강을 파란 쓰레기통이 있는 쪽으로 거칠게 패대기를 쳤다. 강은 허수아비처럼 힘없이 쓰레기통 쪽으로 쓰러졌다.

"야 이 새꺄, 니가 여기가 어디라고 찾아 와. 내 동생 살려 내. 니가 인간이냐. 뒈지려면 혼자서 뒈질 것이지. 죄 없는 조카랑 동생을 왜 죽여."

조문객들이 소란스러운 장례식장 입구를 바라보며 웅성거린다. 형사와 입구에 서 있던 다른 사내가 흥분한 강의 처남을 겨우 떼어 놓았다. 강은 한동안 장례식장 안으로 들어가지 못한 채 복도에서 눈물을 펑펑 흘렸다. 강은 겨우 소연이와 소율이의 영정 사진이라도 볼 수 있었다. 두 딸은 사진 속에서 밝고 환하게 웃고 있었다. 누구보다 사랑스럽고 착하던 아이들이었다. 하지만 강은 장례식장에 오래 머물지 못 했다. 다시 조사를 받기 위해서 경찰서로 가야했다. 강은 아내를 잠깐이라도 보고 싶었다. 형사는 전화를 한 통 짧게 하더니 차를 그의 아내가 있는 병원으로 향했다. 형사는 십 분 안에 나오라고 했다. 강의 아내는 응급실 가장 안쪽 창가에 산소 호흡기를 낀 채 침대에 누워있었다.

응급실 맞은편 침대엔 고 씨가 침대에 누워 있다. 침대 옆엔 환자복을 입은 혜정과 혜련이 앉아 있다. 고 씨는 새벽에 의식이 돌아왔다. 출입문 위쪽에 낡은 텔레비전이 있다. 오래된 텔레비전은 전원이 꺼져 있다. 보호자 중 한 명이 동전을 두 개 넣더니 리모컨으로 텔레비전을 켠다. 뉴스가 나온다. 아나운서는 달동네에 살던 세 모녀의 안타까운 자살 시도와 강남에 살던 40대 실직 가장의 끔찍한 가족 동반 자살 시도 소식을 전한다. 동반 자살을 시도한 남자는 실직은 했지만 소유한 재산이 육억 원이라고 했다. 이어서 우리나라가 환율의 강세로 OECD 국가 중 열아홉 번째로 한 사람당 국민 소득이 삼만 달러를 넘었다고 전한다.

"교수님. 어떻습니까? 예전엔 우리나라도 아이엠에프를 겪었고 그 때문에 국제 사회로부터 샴페인을 너무 일찍 터뜨렸다는 빈축을 사기도 했는데. 국민들이 슬기롭게 위기를 극복했죠. 더욱이 선진국 클럽이라는 OECD 회원국이 된 지도 오래되었습니다. 이제는 국민 소득이 삼만 달러가 넘었는데, 그럼 우리나라도 이제 유럽이나 북미처럼 선진국이라고 볼 수 있는 건가요?"

"선진국의 기준을 한 가지로 정할 순 없습니다. 그 나라 국민의 의식 수준, 문화, 복지, 경제력 등 다양한 면을 살펴봐야겠죠. 하지만 경제력만 놓고 보자면 우리나라도 선진국 문턱을 넘었습니다. 이제는 우리나라도 더 이상 신흥 공업국이나 중진국이 아니라 명실상부 선진국입니다."

　당직 의사와 간호사 둘이 응급실로 들어온다. 회진을 돌던 의사는 고 씨에게 향한다. 의사는 고 씨를 쳐다보더니 간호사가 건넨 차트를 신중히 살펴본다. 환자의 상태가 많이 좋아졌다며 옆에 서 있던 간호사에게 오후에 입원실로 옮기라고 말한다. 복도가 조금 시끄러워지더니 응급실 문이 열린다. 주인아주머니와 정육점 사장이 문 앞에 서 있다. 오 사장은 뒤에서 과일바구니를 들고 있다. 형사는 강에게 시간이 다 되었다며 재촉을 한다.

　모든 존재는 각자의 언어를 갖는다. 내 안에 숱한 언어들이 있었지만 들어줄 귀와 눈이 없었다. 나의 생각과 언어가 단련되지 못했기 때문이다. 살면서 할 수 있지만 하지 않을 자유를 소망했다. 현실은 하고 싶지 않은 일들을 해야 할 때가 더 많았다. 풍요함, 부유한 나라, 선진국의 조건은·무엇일까? 중학생 시절부터 품었던 작은 물음표 하나를 이야기로 풀어 세상에 내놓는다. 이해와 소구력은 독자의 몫이다. 올해가 전태일 사거死去 50주기다. 소설이라는 이름으로 전태일을 만난 건 기쁘면서도 가혹한 운명이었다. 전태일은 내게 가장 큰 존재이면서 가장 무거운 언어다. 그 뜨거운 횃불이자 무거운 언어는 우리를 얼마나 변화시켰을까? 얼마 전 서쪽 하늘에서 유난히 빛나는 별을 발견했다. 샛별, 개밥바라기별이다. 새로이 깨닫는다. 보이지 않는다고 존재하지 않는 게 아님을.

2020년 3월 서쪽 하늘을 보며
김인철

김주욱

클럽 팬텀

김주욱

2015년 제23회 전태일 문학상 수상

2008년 제15회 『동양일보』 신인 문학상 당선

제5회 천강 문학상 소설 대상(2013), 문학나무 신인 작품상(2015) 수상

한국 예술 위원회 아르코 창작기금(2015), 경기 문화 재단 전문예술 창작

지원 사업 단독 출판(2016) 선정

장편 소설 『표절』, 중·단편 소설집 『허물』, 단편집 『미노타우로스』, 미술과

문학의 콜라보레이션 단편집 『핑크몬스터』, 초 단편 오디오북 발표(네이버,

https://audioclip.naver.com), 오디오북 출간(교보문고, eBook, https://bit.

ly/2DwyuVq)

"실컷 웃으면 눈물이 납니다."

라미가 차분한 목소리로 첫 멘트를 연습했다. 라미의 멘트를 들으면서 전체 조명을 조금씩 어둡게 조절하다가 아니다 싶어 도로 밝게 했다. 모니터에 그녀의 윤곽이 차츰 선명해졌다. 미소가 슬퍼 보였다. 상담 심리학을 전공했다는 그녀는 목소리가 차분하고 연기력도 있는데 몸이 너무 말라 포근함이 부족했다.

오픈 후 한 달 동안 고객의 반응을 분석했다. 눈물 치료사에 의해 감정에 복받친 눈물을 흘리는 순간 스트레스가 극에 달했던 고객은 눈물을 흘린 직후 편안해진다는 것을 알 수 있었다. 눈물은 꼬인 마음과 응어리진 감정을 풀어준다. 속이 후련해지면서 공격 본능과 적대감이 사라진다. 눈물 치료사들에게 고객이 초기 상태로 돌아간 순간을 놓치지 말고 다가가서 살며시 안아 주어야 완벽하게 마무리된다고 강조한다. 실제로 눈물을 쏟아 내고 나서 눈물 치료사에게 푸근함을 느낀 고객은 다시 왔다.

전체 조명을 어둡게 하고 라미의 정수리에 각도를 맞춘 스폿 조명을 밝혔다. 그녀의 염색 머리칼이 불빛에 반사되었다. 이십 대 후반이지만 밝게 염색해서 대학생으로 보이는 그녀는 출입문을 향해 눈을 감고 다소곳하게 앉아 있었다. 나는 마이크로 라미의 무선 이어폰을 점검했다.

"고개를 더 숙이고 있다가 조명에 맞춰 조금씩 들어."

라미가 고객을 사로잡을 수 있도록 모든 요소를 라미의 스타일에 맞게 연출했다. 조명을 점검하는 동안 바깥에선 검은색 정장에 검정 넥타이를 맨 고객이 기다리고 있었다. 첫 방문 때 그녀와 시간이 맞지 않자 그냥 돌아간 그가 이번에도 그녀를 고집한 것이 신경 쓰였다. 그는 사십 대 초반 아니 후반까지도 볼 수 있었는데 처음에 왔을 때보다 권태롭고 뚱한 표정이었다. 검게 그을린 얼굴에 수염을 길렀고 도드라진 광대뼈에 깊이 팬 주름이 가득했다. 몸은 처음보다 더 깡마른 느낌이었다.

고객이 바에서 몰트위스키를 마시며 담배를 피웠다. 코로 뿜어져 나온 담배 연기가 위스키 잔에 가득 찼다. 그는 담배 연기가 뒤섞인 위스키를 단숨에 비웠다. 바텐더가 얼음만 덩그러니 남은 유리잔을 다시 채웠다. 그는 담배를 피우다 말고 쇼핑백에서 곰 인형을 꺼내 흔들어 보았다. 시커먼 진흙이 묻어 있고 배가 터져 솜이 삐져나온 노란색 곰 인형은 입을 벌리고 웃고 있었다. 그는 곰 인형을 쇼핑백에 넣고 위스키를 마저 마시고 상의 안주머니에서 리본으로 장식한 선물을 꺼냈다. 나는 카메라를 조정해서 화면을 확대했다. 종이 각통에 그려진 분홍색 꽃과 벌새는 잘 보였는데 로고는 흐릿했다. 그는 선물을 코에 대고 숨을 들이마셨다. 한 손에 들어올 정도로 작은 종이 각통을 장식한 리본에 작은 카드가 끼어 있었다. 그는 카드를 뽑아 내용을 읽어 보고 다시 리본에 끼워 넣었다.

오픈 5분 전, 헤드셋으로 바텐더가 라미에게 최종 보고를 했다. "말없이 담배만 피웠는데 상태가 좋지 않아."

비즈니스호텔 바에서 바텐더로 삼십 년간 일한 그가 말을 못 붙일 정도라면 패닉 상태일 가능성이 높았다. 바텐더에게서 고객 정보를 받지 못한 라미가 긴장할 것 같았다. 그녀에게 파이팅 멘트를 날렸다.

"오늘은 살짝 건드려도 울음보가 터질 것 같다. 잘해 봐."

라미가 고객을 기다리는 방을 암전시켰다. 그가 걷는 복도에 자욱한 안개가 깔렸다. 안개는 신비한 느낌을 내려는 효과였다. 천장에 달린 카메라가 그의 동선을 따라갔다. 희미한 불빛을 따라 십 미터 가량 복도를 걸어가던 그는 문이 한 뼘 정도 열린 방 앞에 섰다. 방문엔 '밑이 없는 우물'이라고 쓴 팻말이 걸려 있었다. 문을 열고 발을 잘못 디뎠다간 끝없이 추락할 것 같은 기분이 드는 방이었다.

방 안에선 민소매 원피스를 입은 라미가 자신의 팔뚝을 거칠게 쓰다듬다가 고개를 들었다. 복도 쪽 고객을 줌 인했다. 키가 커 보이는 그가 문을 살짝 열고 문틈으로 그녀를 바라봤다. 죽은 자의 모습처럼 영혼이 없어 보였다. 만만치 않을 거라는 예감에 나도 긴장되었다.

눈물 치료를 받고 싶은 고객은 이곳에 오기 전에 클럽 팬텀 예약 사이트에서 체크 리스트를 작성해야 한다. 나는 체크 리스트를 통해 고객의 성향을 파악하고 눈물을 뽑아낼 맞춤형 플랜을 세우는 고객의 눈에 보이지 않는 유령이다.

월간지 문화부 기자 시절 뮤지컬 '오페라의 유령'에 관해 특집 기사를 낸 적이 있었다. 실재하는 파리 오페라 극장을 배경으로 한 '오페라의 유령'은 초대형 무대 장치로 유명했다. 공연을 일사분란하게 진행하는 무대 뒤를 취재한 것은 내가 최초였다. 감독은 무대 왼쪽 벽 뒤에서 관객의 눈에 보이지 않는 유령이 되어 뮤지컬을 연출했다. 수십 개의 버튼이 달린 감독 데스크 위에 무대와 객석 곳곳을 비추는 모니터들이 있었다. 커튼콜이 끝나고 오케스트라의 '플레이 아웃'만이 객석을 빠져나가는 관객 사이에 흐를 때 나는 보이지 않는 곳에서 세상을 움직이는 감독이 되고 싶었다.

클럽 팬텀의 유령은 눈물 치료사를 통해 최면을 걸거나 은연중에 마법의 약품을 분사하여 눈물을 자극하고, 때론 한술 더 떠 눈물 치료사를 울려 고객이 마음껏 울 수 있는 분위기를 만든다. 유령의 지시를 받는 눈물 치료사는 고객이 스스로 울 수 있게 분위기를 잡을 줄 알아야 한다. 그 분위기는 공감대를 끌어내는 일종의 심리 기법에 기초한다. 대부분 사람이 상대의 말을 잘 들으려 하지 않고 자신의 말만 하기 때문인지 공감대 형성은 고객의 이야기를 잘 들어 주는 것만으로도 충분하다. 눈물샘이 바짝말라 버린 고객의 경우 억지로 눈물을 흘리게 만드는 기술을 터득한 치료사는 팁을 많이 받는다. 내가 눈물 사업을 시작하게 된계기는 여행 때문이었다.

그해 봄 여객선을 타고 섬나라 여행을 준비했다. 나는 비행기를 타고 가자고 했으나 선아는 여객선으로 왕복하는 패키지 상품을 골랐다. 선아는 여객선 특실에 올라 항구를 바라보며 만족스러워했지만 나는 침대에서 소독약 냄새가 나서 싫었다. 안개가 짙어 선박들이 출항을 포기하는 것을 보고 여객선을 취소하고 비행기로 가자고 했다가 선아와 싸웠다. 나는 여객선에서 내렸고 선아는 남았다. 여객선은 다른 선박들이 출항을 포기했던 시간으로부터 두 시간 후에 화물을 더 싣고 출항했다고 한다. 허용된 적재량의 3배 이상 화물을 싣기 위해 배를 안정시키는 평형수를 방수하고 출항한 것이다.

다음 날 나는 비행기를 타고 먼저 섬에 도착해 선아를 놀래 줄 계획이었다. 공항 대합실에서 뉴스를 보다가 여객선의 사고 소식을 접했다. 누구는 테러를 당했다고 했고, 누구는 선주가 엄청난 보험금을 노리고 배를 일부러 폭발시켰다고 했다. 또 누구는 거대한 음모가 있다고 했다. 사고 당시 지시를 따르며 객실에서 구조를 기다린 사람들은 침몰하는 배에서 빠져나오지 못했다. 그러나 지시를 따르지 않은 사람들은 배가 가라앉기 전에 무사히 탈출했다. 배가 뒤집혀 바다로 가라앉는 소용돌이에 빠졌을 선아를 생각하자 숨이 막혔다. 사고 현장과 가까운 항구로 달려가려는데 선아에게서 전화가 왔다. 천만다행이었다. 선아도 내가 배에서 내린 다음 얼마 지나지 않아 내렸다고 했다. 우린 각자 휴대 전화에 대고 소리 내어 울었다. 울다 보니 몸이 떨리고 땀이 났다. 속이 후련해지면서 그동안 쌓였던 스트레스가 말끔히 사라졌다. 그 눈물은 모든 감각을 살아나게 하는 각성제가 되었다. 그때부터 눈물을 연구하기 시작했다. 알고 보니 눈물을 실컷 흘리고 났을 때 속이 후련해지고 몸이 가벼워지는 것은 단순히 기분상의 문제가 아니었다. 마음껏 울고 나면 실제로 뇌와 근육에 산소 공급이 증가하고 혈압이 일시적으로 낮아진다. 그래서 자주 울거나 심장병 같은 스트레스 관련 질환에 걸릴 염려가 없는 것이다. 눈물은 스트레스를 받을 때 분비되는 카테콜아민 호르몬을 몸 밖으로 배출시킨다. 이 호르몬이 몸속에 남아 있으면 만성 위염 같은 소화기 질환을 일으키고 혈중 콜레스테롤 수치를 높여 심근 경색이나 동맥 경화의 원인이 되기도 한다. 또한 눈물은 인간의 면역력을 높여 준다. 눈물을 흘리고 나면 아드레날린이나 코르티솔 같은 호르몬이 줄어들어 부교감 신경이 확장되면서 면역력이 향상되는 것이다.

고객이 방문 손잡이를 잡았을 때 음악을 낮게 깔았다. 아이들이 부르는 합창곡이었다. 그는 합창곡을 들으며 벌어진 틈에 눈을 대고 방안을 들여다봤다. 방안에서는 바다 냄새가 날 것이다. 건어물의 짭조름한 냄새와 미역 냄새가 뒤엉킨 깊은 바다의 냄새였다. 그는 인터넷으로 예약할 때 바다를 선택했는데 가고 싶어서가 아니라 안 좋은 추억 때문이라고 했다. 방문 앞에서 합창곡을 듣던 그의 표정이 일그러졌다.

눈물 사업을 구상할 때 걸림돌이 하나 있었다. 눈물의 효과를 제대로 만끽하려면 몸속에 쌓인 케케묵은 감정의 앙금을 모두 토해 내듯이 목 놓아 울어야 한다는 점이었다. 그러려면 눈물 자극제가 필요했다. 마늘과 양파에 들어 있는 황화 알릴과 이황화 알릴 프로필을 주성분으로 가공한 눈물샘 자극제 개발에 자금을 모두 털어 넣었다. 냄새를 없애는 데만 몇 년이 걸린 약품은 단순히 전해질을 뽑아내는 역할에 그쳤지만 그 정도만 해도 대단한 성공이었다. 선아에게 약품을 실험해 보았다. 약품을 선아 몰래 향수 뿌리듯이 분사하고 내가 그녀를 얼마나 배려하고 있는지 떠들어 댔더니 바로 눈물을 흘렸다. 감동한 눈치였다.

어쨌든 눈물을 흘리면 스트레스가 해소된다. 반드시 가슴 속 깊은 감정을 끌어내지 않아도 어느 정도 분위기를 조성하고 적절한 타이밍에 눈물 자극제를 사용해서 눈물을 터트리면 고객은 자신의 감정이 움직여서 울었다고 착각할 수도 있다. 혹은 울려고 온 사람이기 때문에 그렇게 믿고 싶을 수도 있을 것이다. 그것도 아니면 그냥 눈물을 실컷 흘렸다는 것에 만족하는 고객도 있을 것이다.

1차로 개발한 약품의 테스트 기간을 거쳐 특허를 신청했다. 누구나 돈이 될 만한 아이템은 바로 따라 하기에 안정 장치가 필요했다. 약품을 믿고 눈물 사업에 본격적으로 뛰어들었다. "숨겨진 눈물을 찾아드립니다. 이젠 마음껏 우세요."라고 광고 문안을 작성했다. 고객의 마음을 치료하는 것. 사업의 성공 여부는 카타르시스에 있었다. 눈물을 통해 카타르시스를 느끼게 하려면 고객을 오래, 세게, 길게, 크게 울려야 했다.

클럽 팬텀에는 두 종류의 눈물 방이 있다. 슬픔 또는 아픔으로 끌어내는 눈물 방이 있고, 기쁨이나 즐거움으로 점화되는 눈물 방이 있다. 기쁨이 슬픔으로 전이되어 흘리는 눈물은 사람을 깨끗이 정화한다. 기쁨의 눈물 상품은 따로 개발하여 평생회원들을 위한 전용 상품으로 만들기로 했다. 기쁨의 눈물 프로세스는 감정이 서서히 불타오르다가 자신이 이렇게 좋아해도 되나 하고 의문이 드는 순간, 꿈이 아니길 그래서 기쁨이 계속 지속하기를 바라다가 이 기쁨을 만들어준 그동안의 고통이 떠올라 기쁨은 눈물을 자극하는 불씨가 되는 것이다.

담배를 피우려고 창을 열었다. 멸치 국물 냄새가 스며들었다. 이 상가 일 층에는 칼국수 가게가 있다. 대를 이어 삼십 년이 넘은 칼국수 가게는 밤 열 시부터 새벽 네 시까지만 문을 연다. 메뉴는 감자 전분으로 만들어 속이 훤히 들여다보이는 고기부추만두와 칼국수다. 한번 먹어 보니 쫄깃한 면발과 각종 해물로 우려낸 육수가 일품인데 클럽 팬텀에서 울고 나온 고객은 어김없이 칼국수와 만두 한 접시를 말끔히 비우고 집으로 갔다.

고객이 클럽 팬텀에서 횡격막이 떨릴 정도로 감정을 실어 목놓아 울거나 복직근이 떨릴 정도로 격렬하게 울면 내장도 덩달아 출렁거리면서 장 기능이 좋아지고 허기가 질 것이다. 맘껏 울고 나면 면역 글로불린 G라는 항체가 두 배로 증가하는데 그 영향력으로 소화력이 좋아지기 때문이다. 상가 건물을 나서면서 뜨거운 증기가 뿜어져 나오는 칼국수 가게의 구수한 냄새를 맡고도 그냥 지나칠 고객은 별로 없는 모양이다. 후련하게 비운 속을 달래기 위해 후룩거리며 칼국수를 먹고 나면 세상 부러울 것이 없을 것이다. 지금 상가를 통째로 사려고 협상 중이다. 상가를 인수하면 제일 먼저 칼국수 가게를 내보내고 내가 그 자리에 칼국수 가게를 차릴 작정이다.

고객이 천천히 문을 열고 방에 들어왔다. 스폿 조명은 그가 앉을 의자를 비추고 있었다. 딱딱하지도 푹신하지도 않은 일인용 가죽 소파다. 안개가 불빛에 모여들어 느릿하게 움직였다. 그가 문을 닫는 순간 배경 음악을 껐다. 전체 조명을 조금 밝게 조정했다. 조금 있으면 해가 뜰 것처럼 사물의 윤곽이 드러났다. 라미에게 큐 사인을 내렸다.

"자, 시작하자. 파이팅."

고객은 양미간에 힘을 주고 라미와 소파 사이를 가로막고 있는 반투명 커튼을 훑었다. 그것은 고객과 치료사 사이의 경계였다. 만일 고객이 눈물 치료를 받다가 흥분하여 그 경계를 넘어서면 바로 클럽에서 쫓겨나게 된다. 반대로 눈물 치료사는 경계를 넘어도 상관없다. 경계 너머 스탠드형 의자에 그녀가 앉아 있었다. 배경 조명을 조금 더 밝게 하자 그녀의 윤곽이 더 선명해졌다. 굵은 웨이브의 가냘픈 여자의 실루엣이 벽에 그려졌다.

"앉으세요."

고객이 방안을 둘러봤다. 다섯 평 정도의 공간이다. 그의 요구대로 실내는 여객선의 내부처럼 꾸며 놓았다. 방의 절반을 가로지르는 정련되지 않은 빳빳한 촉감의 노방 커튼에 푸른 조명이비쳐 마치 바닷속에 들어온 느낌이었다. 그는 소파에 앉은 다음그녀를 바라보며 인사했다.

"드디어 만나게 됐군요."

"어떤 음악을 좋아하세요?"

"음악은 필요 없습니다. 조용한 게 좋아요."

카메라를 조절해서 고객의 얼굴을 끌어당겼다. 방에 들어와서도 굳은 표정이었다. 그를 라미가 잘 소화할 수 있을까 긴장되었다. 클럽 팬텀의 눈물 치료사 중에는 개그맨이 되어 고객을 얼이빠지게 웃기다가 어느 순간 분위기를 바꿔 슬픈 이야기를 시작할 수 있는 눈물 치료사가 있다. 베테랑은 아무리 경직된 고객이라도 그 전환점을 마련할 수 있는데 그렇지 않은 경우라면 약품으로 해결해야 한다.

"실컷 운 게 언제였나요? 기억나세요?"

"어머니가 돌아가셨을 때였습니다. 그러고 나서 십여 년 전 가슴이 새까맣게 타 버릴 만큼 상처를 받았는데 이상하게 눈물이나오지 않았습니다.

"그동안 한 번도 울지 못했다는 거예요? 선생님은 우는 연습부터 하셔야겠네요."

"연습이 필요한가요? 여기 오면 실컷 울게 해준다고 해서 왔는데……."

"울려고 하지 말고 웃어 보세요."

"울려고 왔는데 웃으라고요?"

"잘 웃을 수 있는 사람이 잘 울 수 있어요."

"그럼, 먼저 웃겨 보시든가요?"

"역설적인 표현이에요. 그만큼 우는 게 어렵다는 거예요."

라미는 긴장한 탓에 너무 서두르고 있었다. 전체 조명을 조금 낮추고 그녀의 얼굴 아래 스폿 조명을 강하게 했다. 그녀가 앉은 뒷벽에 설치한 무드 조명도 켰다. 그녀의 슬픈 미소가 더 매력적으로 보였다.

이곳을 오픈하기 전 먼저 눈물 치료사를 모집해서 교육했다. 연기파 여배우, 상처를 받은 여자, 학대받은 여자, 범죄 심리를 전공한 여자, 보기만 해도 울음이 날 정도로 애처로운 외모를 가진 여자를 비롯하여 정말 다양한 여자가 지원했다. 하지만 정작 마음에 든 여자는 슬픈 미소를 지닌 여자였다.

라미는 면접 때 고객 관리를 어떻게 할 것이냐는 질문에 편안한 친구가 되어 고객의 마음을 열어 보겠다고 했다.

"사람들은 늘 생각과 의견을 논리적으로 말하도록 강요받으며 살아왔어요. 자연스러운 느낌이나 기분을 말했다간 미숙하거나 주관 없는 사람으로 여겨지죠. 그래서 사람들은 자기 마음을 드러내는 일에 서툰 거예요. 감정은 논리적으로 말할 수 없거든요. 가장 가까운 사람에게도 자신의 바닥을 드러내지 못하고 감추게 되지요. 자신의 더러운 속내가 드러나 비난받을까 봐 두려운 거죠. 사람들은 자신의 간사하고 악한 감정을 남김없이 드러내 놓아도 공감해 주는 곳이 필요해요. 제가 클럽 팬텀에서 일하게 된다면 고객의 가슴속에 갇혀 있는 자유로운 영혼이 빠져나올 수 있게 도와줄 거예요."

라미가 TV에 나오는 어떤 연예인을 닮았더라면 결정을 못 하고 고민했을 것이다. 그러나 그녀는 좌우 대칭의 조각 같은 미인이 아니라 독특한 개성을 지닌 여자로, 어떻게 보면 미인 축에는 끼지 못하는 얼굴이었다. 그녀의 볼굴대를 관찰하며 곰곰이 생각했다. 그녀의 뺨과 입에 퍼져 있는 근육이 입꼬리 주변으로 잘 모여 미소를 만들어 내고 있었다. 그 미소는 슬픔을 감춘 미소였다. 슬픔을 감추고 점잖고 단아하게 보이려다 보니 얼굴 근육이 굳어 버려 나오는 미소였다. 그녀가 깊은 상처를 안고 있을 거라는 감이 왔다. 그녀의 슬픈 미소는 고객의 억눌렸던 감정에 불을 붙일 수 있다고 판단한 것이다. 그녀가 고객의 억눌렸던 감정을 남김없이 태워 주기를 기대했다.

웃겨 보라는 고객의 반응에 라미는 잠시 당황했지만 슬픈 미소를 지으며 말했다.

"요즘 세상에선 우는 것보다 웃는 게 더 어려운 일이긴 해요."

"그렇습니까? 울기 전에 크게 웃어 보고 싶습니다."

"사람들은 살아가기 위해 웃는 연습을 하지요. 웃고 있지만 실상은 울고 있는 거지요. 뒤에서 울지언정 남들 앞에선 웃어 보이는 거예요."

"어서 웃겨 주십시오. 웃으면서 우는 게 어떤 건지 느껴 보고 싶군요."

서둘러 프로젝터를 켰다. 라미를 위해 전환을 시도한 것이다. 대화가 중단되고 고객은 한쪽 벽면에 나타난 사각의 프레임을 바라봤다.

"먼저 동영상 한 편 감상하실게요. 제목은 남자의 일생입니다."

한쪽 벽면으로 빛바랜 듯한 이미지가 한 장면씩 넘어갔다. 동영상은 다큐멘터리로 요즘 라미가 슬럼프에 빠져 특별히 준비한 프로그램이었다. 갓난아이가 세상을 향해 힘차게 우는 장면이 나왔다.

"선생님은 울음으로 세상에 자신의 존재를 알려야 한다는 사실을 몰랐습니다. 그때 누군가 선생님의 엉덩이를 때렸습니다. 순간 당신은 정신이 번쩍 나면서 엄마 뱃속에서 세상에 나온 게 서럽다는 듯이 온몸을 바르르 떨며 첫울음을 터뜨렸습니다. 그때 흘렸던 눈물을 기억하십니까?"

고객은 숨을 깊이 들이쉬었다가 내쉬었다. 그러다가 돌연 말문을 열었다.

"딸애가 태어났을 때의 모습이 생각납니다. 우렁찬 울음소리를 들으면서 난 아프지 말고 건강하게 자라라고 기도했습니다."

음악을 틀었다. 밝고 경쾌한 바이올린 연주곡이었다. 음악 소리가 너무 커서 라미가 해설을 하는 데 애를 먹는 것 같아 소리를 줄였다. 벽면에 펼쳐진 화면이 차차 밝아지면서 갓난아이가 클로즈업되었다.

"선생님은 천장에 달린 모빌을 바라보며 배고프거나 졸릴 때 울었습니다. 목청을 가다듬고 크게 울수록 사람들의 반응은 빨랐습니다. 이때 약간의 눈물을 흘려주는 걸 잊지 않았습니다."

"나는 갓난아기였을 때 버려졌습니다."

"눈물에 대한 반응은 약해지고 선생님은 눈물을 흘리며 떼를 써야 했습니다. 그러나 눈물을 흘리며 떼를 쓰는 것도 얼마 가지 못했습니다. 나이를 더 먹어서는 눈물을 흘려 봤자 아무것도 얻을 수 없었습니다."

"그건 맞습니다. 보육원에서 우는 아이는 굶겼으니까요."

"어른이 되어서는 눈물 대신 웃어야 한다는 사실을 깨달았습니다. 잘 웃을수록 선생님에 대한 평가가 좋아졌습니다."

영상의 내용이 마음에 들지 않았다. 차라리 행복한 가족의 모습을 연달아 보여 주고 미소 짓게 한 후 고객이 자신의 상황과 비교하게 만드는 것이 효과적이었을 것 같았다. 그가 자리를 고쳐 앉았다. 그는 아이가 침대에 누워 옹알이하는 장면에서 눈을 감고 말했다.

"딸애는 잘 울지 않았습니다. 잘 울어야 목청이 좋아진다고 해서 하루에 한 번 정도는 일부러 울렸습니다."

"남성은 눈물샘을 자극하는 프로락틴이라는 호르몬이 여성보다 적습니다. 더구나 어려서부터 남자는 눈물을 흘리지 말아야 남자답다는 사회적 압박을 받으셨을 거예요. 어쩌면 눈물은 여성의 전유물이라는 인식이 자리 잡은 건지도 몰라요. 직장 생활을 하면서부터 원만한 조직 생활을 위해선 웬만해선 감정을 드러내지 않고 참아야 하셨겠지요."

"번듯한 직장에 다녀본 적이 없습니다."

"선생님은 너무 힘들어 보여요. 가끔 울고 싶을 때가 있으셨지요? 남성분들은 애인과 헤어지고 슬픈 영화를 봤을 때, 너무 분하고 억울해서 안주도 없이 술을 들이켤 때 눈물을 흘리고 싶어도 눈시울만 촉촉해지는 경우가 많아요. 아무도 없는 곳에서 감정이 복받쳐 올라와도 마찬가지예요."

"마음을 추스를 여유도 없었습니다. 그저 굶지 않으려고 달렸습니다."

"상처받은 순간을 되새기며 눈물샘을 자극해도 역시 마찬가지였을 거예요. 언제부터인가 감정 조절을 주로 하는 뇌의 변연 계와 대뇌 피질의 작용이 둔화한 것이죠."

고객은 라미의 말에 공감하지 못하는 표정이었다. 그는 화면 과 그녀의 입을 번갈아 보며 생각에 잠기더니 잠시 눈을 감은 채 말했다.

"십여 년 전 딸애를 내 가슴에 묻고도 눈물 한 방울 흘리지 않 았습니다. 너무 분하고 억울해서 눈물이 나지 않았습니다. 그날 이후로 지금까지 한 번도 울어본 적이 없습니다. 너무 화가 나면 눈물이 전부 말라 버리는 모양입니다."

고객이 쇼핑백에서 곰 인형을 꺼냈다. 그는 시커먼 진흙이 묻 어있고 배가 터져 솜이 삐져나온 곰 인형을 두 손으로 감싸 안았 다. 라미가 곰 인형을 유심히 바라봤다.

"딸애가 가방에 달고 다니던 인형이었습니다."

나는 곰 인형을 줌 인하면서 마이크에 대고 말했다.

"사연이 나오려고 한다. 설명 그만하고 빨리 이야기를 끌어 내."

"선생님은 스트레스가 점점 쌓여갔습니다. 매일 같이 달리기 를 했고 명상 음악을 들으며 눈 감고 가부좌를 틀어도 몸속 어딘 가에 커다란 돌이 자리 잡고 있는 느낌이었을 거예요."

고객은 천천히 숨을 들이마시더니 다시 천천히 내쉬었다.

"내 가슴에 커다란 돌이 박힌 것 같습니다."

"두려워하지 말고 울어 보세요. 그러면 그 돌이 눈물에 녹아 사라질 거예요. 눈물샘에서 분비되는 눈물 성분에는 프로락틴과 부신 피질 자극 호르몬이 함유되어 있습니다. 이 호르몬은 뇌하 수체에서 생성되어 스트레스를 받을 때 혈액 속에 녹아 흐릅니 다. 눈물이 흐르면 이들 호르몬이 몸 밖으로 빠져나가 스트레스 가 풀려요."

"그땐 정말 울다 지쳐 죽고 싶었습니다. 그런데 눈물이 나오지 않았습니다."

잠시 침묵이 흘렀다. 라미가 침묵을 깨고 말했다.

"아픈 상처를 치료하기 위해선 다 털어놓으셔야 해요."

"여기도 똑같군요. 어딜 가든 그저 얘기해 보라고 하지요. 정 신과 의사 앞에서도 내 이야기를 실컷 했지만 치유되지 않았어 요. 점쟁이는 그나마 편하더군요. 자기가 알아서 내 이야기를 해 주니까 듣기만 하면 됐어요. 근데 집에 와서 생각해 보니 모두 뻔한 얘기였어요. 그래서 더 답답해졌지요. 난 지금도 그저 답답 해서 울고 싶을 뿐입니다."

고객의 감정이 무르익어 가지 못하고 자꾸만 어긋나고 있었 다. 눈물을 자극하는 약품을 방향제 분사기를 통해 두 번 분사 했다.

"일단 선생님에 대해 잘 알아야 하거든요."

"내 이야기를 하라고요. 여기서 내 이야기를 하면 정말 울 수 있습니까?"

"그럼요, 마음이 아팠던 일, 슬펐던 일, 고통에 차서, 한이 맺혀서 목 놓아 울고 싶었던 일을 다 이야기하세요."

약품으로 눈물을 자극해도 고객은 아무런 반응이 없었다. 라미를 비추는 스폿 조명을 더 강하게 했다. 그녀가 머뭇거리는 순간 그가 일어나서 노방 커튼 앞으로 다가와 말했다.

"눈물 치료사들의 프로필을 보다가 아가씨를 선택한 건 내 가슴에 묻은 딸애와 나이가 비슷하기 때문이었습니다. 그 애가 살아있다면 아가씨만큼 아름다울 겁니다."

"선생님을 보니 따님은 분명 미인이었을 거예요."

라미는 노방 커튼에 아롱이는 불빛을 바라보았다. 그는 그녀의 눈을 잠시 바라보더니 입을 열었다.

"당신의 눈빛이 흔들립니다. 당신의 눈에 불빛이 반사되어 흔들립니다."

라미가 눈을 감더니 고개를 숙였다. 단호한 표정을 지은 그가 그녀에게 주문을 걸듯 말했다.

"저 조명 불빛이 흔들립니다. 배를 타고 있는 것처럼 흔들립니다."

라미가 주문에 걸린 듯 중얼거렸다.

"먼저 제 이야기를 해 드릴게요. 저는 바다가 무서워서 배를 타지 못해요. 사고를 당했어요. 아직도 악몽을 꾸지요. 천둥 같은 폭발이 이어져요. 성난 파도가 나를 덮쳐요. 머리가 벽에 부딪힌 것처럼 정신이 혼미해져요. 배에서 탈출하려고 의자로 창문을 깨려고 했던 친구들의 비명이 들려요. 그 애는 자기는 수영을 잘한다며 구명조끼를 나에게 입혀 배 밖으로 밀어냈어요. 내가 선실에서 나가는 순간 배는 빠른 속도로 기울었어요. 거친 파도가 배를 뒤흔들고 화물이 미끄러져 내렸어요. 배가 바다 속으로 가라앉는데 아무도 구하러 오지 않았어요."

침묵이 흘렀다. 내가 담배 한 개비를 다 피우고 나서도 침묵은 이어졌다. 나는 마이크에 대고 말했다.

"정신을 언다 두고 있는 거야?"

라미가 아랫입술을 빨아 당기고 있다가 놓으면서 말했다.

"머릿속에서 검푸른 바다가 떠나지 않아요."

"딸애도 바다에서 사고를 당했습니다. 의문이 끊이지 않는 참사였습니다."

"뭐라고 위로를 드려야 할지……."

"위로를 받은들 무슨 소용이 있겠습니까."

"좋았던 시간을 자꾸 떠올려 보세요."

"돈 버느라 바빴습니다. 한숨 돌리고 아버지 역할을 제대로 해보려고 집에 왔더니 딸애는 내 곁을 떠나고 없었습니다."

고객이 방안을 서성거리다가 배를 잡고 몸을 심하게 떨었다. 바닥에 노란 곰 인형이 떨어졌다. 곰 인형은 터져 나온 솜을 어떻게 해 달라고 말하는 듯했다.

이때다 싶어 약품을 고객을 향해 설치한 방향제 분사기를 통해 고객의 머리 위로 세 번 분사했다. 약품이 방 안에 퍼지는 동안 라미의 표정이 일그러졌다. 그녀의 슬픈 미소는 사라지고 입술이 바르르 떨리면서 눈시울이 붉어졌다. 그녀는 눈을 질끈 감고 감정을 더 살려 보려는 듯했다. 잠시 후 그녀가 한바탕 눈물을 흘릴 태세로 양미간을 찌푸리자 바로 눈물이 흘러내렸다. 그가 고개를 떨어뜨리며 말했다.

"그땐 정말 죽고 싶었습니다. 그런데 십여 년이 지난 지금도 이렇게 배가 터진 곰 인형을 품고 버젓이 살아 있습니다."

아무 말도 못하는 라미의 몸에 가볍게 경련이 일었다. 상황이 계속 역전되는 분위기였다. 그녀가 고객에게 울게 해 줘서 고맙다고 돈을 줘야할 것 같았다. 그에게 여성 고객을 위한 눈물 치료사로 일해 볼 생각이 있냐고 물어 보고 싶었다. 잠시 후 전체 조명을 조금 더 밝게 했다. 이상한 일이었다. 보통 고객의 감정이 격해졌을 때 약품을 한 번만 분사해도 고객은 울먹이기 시작했다. 그 순간 눈물 치료사가 따뜻한 말로 살짝 부추기면 고객은 목 놓아 울었다. 그런데 그는 약품을 여러 번 분사해도 끄떡없었다. 그녀가 일어나 울먹이는 목소리로 커튼을 쓸어내리면서 말했다.

"용서하세요."

"그들을 용서하란 말입니까?"

"분노의 불길을 잡을 수 있는 것은 용서뿐이에요. 용서하지 않으면 그 고통이 끝없이 선생님을 괴롭힐 거예요."

"연미는 아직도 바닷속에 있어."

그녀가 커튼을 붙잡고 흐느끼기 시작했다. 눈물이 볼을 타고 떨어졌다. 그는 주저앉아 흐느끼는 그녀 앞에 곰 인형을 내려놓았다. 그녀는 눈물로 범벅이 된 얼굴로 복받쳐 울다가 곰 인형을 품에 안았다. 전체 조명을 더 밝게 했다. 그와 그녀의 모습이 아침을 맞은 것처럼 확연하게 드러났다. 나는 마이크에 대고 말했다.

"지금 다가가서 안겨."

그녀는 돌덩이처럼 움직이지 않았다.

"어서!"

그녀는 귀에 끼웠던 무선 이어폰을 빼서 던져 버렸다. 그녀가 커튼 뒤에서 울부짖는 모습은 마치 물에 빠져 허우적거리는 모습 같았다. 그가 커튼을 넘어가서 그녀를 다독거린 후 소파에 앉혔다. 나는 직원을 호출하려다가 어떤 상황인지 조금 더 지켜보기로 했다.

고객이 소파에 앉아 흐느끼는 라미를 살며시 안았다. 그녀가 몹시 떨자 그는 그녀를 더 세게 안았다. 뒤가 깊게 파인 원피스라 야윈 등이 그대로 드러났다. 그의 표정이 일그러지면서 입술

가장자리가 바르르 떨렸다.

"눈물이 나오지 않는구나."

그가 왜 갑자기 반말을 하는지 알 수 없었다. 그녀는 그를 대신해 눈물을 계속 쏟아 냈다. 그가 그녀를 지긋이 바라보며 말했다.

"너라도 이렇게 살았으니 얼마나 다행인지 모른다."

그녀는 어느새 무릎을 꿇고 있었다.

"나만 살아 나온 게 미안해서 지금까지 잠을 제대로 못 자요."

그가 상의 안주머니에서 선물을 꺼냈다. 한 손에 들어오는 종이 각통에 노란 리본이 묶여 있었다.

"연미 서랍에 있더라. 카드를 보니 네 생일 선물이더구나. 전해 줘야지 하다 세월이 이렇게 흘렀어."

그녀는 리본에 끼워져 있던 카드를 빼서 읽고 잠시 카드를 쥐고 있다가 갑자기 방을 뛰쳐나갔다. 그도 그녀를 따라 방에서 나갔다. 이런 경우는 처음이었다. 직원을 호출하려는데 전화가 왔다. 그녀였다.

"너 지금 뭐 하는 거냐?"

"그만둘래요. 더는 못하겠어요."

"뭐라고? 내가 너한테 한 게 얼만데?"

"죄송합니다."

"그 자식 아는 놈이냐, 일부러 널 찾아온 거지?"

전화가 끊겼다. 뭐라고 욕이라도 한바탕 퍼부어 주고 싶었는데 울먹이는 목소리 때문에 기회를 놓쳤다. 그녀를 잡으려고 지하 계단을 뛰어 올라갔다. 직원 라커룸으로 뛰어 들어가니 이미 옷을 갈아입고 나간 뒤였다. 라커룸에서 활짝 핀 구절초 향기가 났다.

그녀는 프로의 자질이 부족했다. 어떠한 상황에서도 끝까지 최선을 다하게 만들 운영 시스템으로 바꾸기로 했다. 눈물 치료사의 기본급을 없애고 오로지 수당으로만 하든지 클럽의 눈물방을 눈물 치료사에게 하나씩 분양하는 게 좋을 것 같았다.

클럽 팬텀에서 나와 별처럼 반짝이는 간판 조명으로 가득한 거리를 돌아다녔다. 자동차 불빛이 어지럽게 이어졌고 사람들이 어디론가 바쁘게 걸어가고 있었다. 골목을 헤매다 클럽으로 들어가려는데 구수한 해물 냄새가 났다. 칼국수 가게는 여전히 손님이 많았다. 빈자리가 있나 살펴보다 안쪽 구석에 앉은 라미와 고객을 발견했다. 그녀에게 전화를 걸었다. 전화를 받지 않았다. 잠시 후 다시 전화했다. 그녀는 휴대 전화를 확인하고도 받지 않았다. 칼국수 가게 앞에서 담배를 피워 물고 두 사람을 계속 관찰했다. 담뱃불은 순식간에 필터까지 타들어 갔다. 바닥에 내던진 담배꽁초에 가래를 전부 끌어 올려 뱉고 칼국수 가게로 들어갔다.

라미와 고객은 주문한 칼국수를 기다리며 먼저 나온 만두를 먹고 있었다. 옆자리에 앉아 칼국수를 시켰다. 내가 큰 소리로 칼국수 한 그릇을 시켰는데도 그녀는 옆을 돌아보지 않았다. 그는 만두 접시를 그녀 쪽으로 밀었다. 촉촉한 만두피가 먹음직스럽게 소를 감싸고 있었다. 그와 눈이 마주쳤지만 피하지 않고 양 미간에 힘을 줬다. 그는 초점 없는 시선을 만두로 옮겼다.

"마저 먹어라."

"드세요, 저는 많이 먹은걸요."

몸을 옆자리로 기울여 귀를 세웠다. 라미와 고객이 앉은 테이블엔 엄숙한 분위기가 장막처럼 돌려 있었다. 그가 마지막 만두를 젓가락으로 집어 올리면서 말했다.

"매년 그날이 오면 만두를 쪄서 바다로 간단다. 연미는 만두를 무척 좋아했어."

그때 거의 백발이 된 머리를 짧게 자른 노파가 칼국수 두 그릇을 쟁반에 담아 왔다. 노파는 칼국수를 옆 테이블에 내려놓으면서 손을 몹시 떨었다. 국물이 테이블에 흥건하게 떨어졌다. 노파가 이마의 땀을 닦으며 어쩔 줄 몰라 하다가 행주를 가지러 갔다. 그가 냅킨으로 테이블을 훔쳤다.

어느새 가게 안에 손님들이 가득 찼다. 나는 후루룩거리며 칼국수를 먹기 시작했다. 그런데 두 사람은 묵념하듯이 고개를 숙이고 가만히 있었다. 클럽에서는 멀쩡하던 고객의 눈시울이 차즘 벌겋게 달아올랐다. 그녀의 눈에서 눈물 한 방울이 부풀어 오르더니 추락하듯 떨어졌다. 그는 타고난 눈물 치료사였다. 나는 두 사람을 바라보며 일부러 후루룩거리며 칼국수를 먹었다.

고객의 눈망울이 새빨갛게 달궈지더니 눈물이 흘러내렸다. 그는 칼국수 한 젓가락을 입에 넣고 흐르는 눈물을 계속 훔쳐냈다. 클럽 팬텀이 울리지 못한 고객을 칼국수가 울렸다. 저런 고객을 위해 눈물 자극제를 새로 개발해야 할 것 같다. 국물을 들이마시며 두 사람을 계속 힐끔거렸다. 두 사람은 퉁퉁 불은 국수 면발처럼 변해갔다. 칼국수를 먹으러 들어온 사람들이 빈자리를 찾아 두리번거렸다. 배를 채운 나는 그녀에게 내일 사무실에서 얘기 좀 하자고 문자 메시지를 보내고 일어났다.

또 끄적이려고 책상에 앉으면 모니터는 시커먼 거울로 변했습니다. 거울 속의 나는 내가 아닌 것 같았습니다. 언제부터 모니터가 볼록 거울이었는지 아니면 내 눈이 금붕어 눈처럼 튀어나온 것인지 얼굴을 더듬어 가며 일그러진 모습을 감상했습니다. 온종일 점점 파괴되어 가는 내 모습을 관찰하는 게 낙이었습니다. 거울 속의 나와 거울 밖의 내가 친구가 되어 서로 따라 하는 놀이를 하다 보면 진짜 나는 거울 속에 있고 거울 밖의 내가 거울에 비친 허상처럼 느껴졌습니다. 거울로 변한 모니터를 보지 않으려고 다짐해도 나는 어느새 거울 앞에 앉아있었습니다. 머지않아 내 안에 모든 것이 빠져나가고 껍데기만 남을 것 같았습니다. 인제 그만둬야 하지 않을까? 하는데 출판사로부터 전태일 사거死去 50주기 추념 소설집에 참여해 달라는 연락을 받았습니다. 나를 추천해 주신 선배님께 감사드립니다. 그날의 폭력과 참사는 지금도 계속되고 있다는 생각으로 이야기를 만들었습니다. 앞으로 계속 전태일 문학상 수상자가 참여하는 작품집이 나오기를 기원합니다.

2020년 봄 다시 거울 앞에서

김주욱

이종하

두 번째 서른 살

이종하

2013년 제21회 전태일 문학상 수상
1998년『문학사상』신인상 당선
장편 소설『길 그 위에 서서』,『사람의 얼굴』
중·단편집『가을과 겨울 사이』

검정 양복에 검정 넥타이를 맨 남자들 틈에 나도 있었다.

"아무것도 알려고 하지 말고, 나를 땅에 묻지도 말아 주기 바란다. 이게 무슨 개소리냐고?"

우리 중에 하나가 말했다. 다들 말을 아끼는 중에 불쑥 튀어나온 말이었다. 춘천에서 닭갈비 가공 납품업체를 운영하는 사장이다. 그 친구는 군이 닭갈비 식당이 아니라 닭을 가공하여 식당에 납품하는 식품 회사의 사장이라는 것을 기회가 있을 때마다 강조하는 편이다.

"친구야, 말 좀 해 봐라. 너 사흘째 한마디도 안 한 거 아냐?"

우리 중에 또 다른 친구가 군이 내 어깨를 뚝 치며 말했다. 초등학교 때부터이니까 오십여 년 동안 키가 작아 서글프다는 친구이다. 중학교 때부터 육 년 동안 가방을 질질 끌고 다녀서 고등학교를 졸업하고부터 가방을 들고 다니지 않는다고 언젠가 말한 기억이 있다. 오늘도 손에 무언가를 들고 있거나 어깨에 메고 있는 자체가 몸서리치게 싫다고 말하면서 친구의 유골함을 손사래 치며 거절하더니, 화장터에서 고향 초등학교 뒷산으로 가는 동안에도, 곧게 잘 뻗어 하늘로 올라가고 있는 큼지막한 소나무를 찾아 뿌려 주고 가는 지금도 그는 빈손이다.

"우리에게 익숙한 것들이 어느 날 이 세상에서 사라지고 없는데도 우리들은 그것에 금방 익숙해진 것 같다."

여전히 묵묵부답인 내 생각을 알고 있다는 듯이 우리 중에 한 친구가 말했다. 이번 목소리의 주인은 지방 대학에서 사회학을 가르치는 백발의 교수이다. 목소리보다 얼굴이 더 지쳐 있었다. 성은 오 씨인데 마흔 살 때부터 머리카락이 하얘서 우리들은 그를 백발의 교수라고 부르기에는 다소 길어서 백 교수로 부른다.

"맞다. 뻘건 우체통이 길거리에서 사라진 지 꽤나 됐잖여, 근데도 암도 그런 말 하지 않잖어."

고향 사투리를 굳이 고집해서 쓰는 친구는 가진 게 돈밖에 없다는 친구이다.

"육십 년을 살아온 세상인데 생각해 보면 매일 낯설어 했던 것 같다. 요즘에는 계절이 바뀌는 것만 빼고 나면 다 생소한 것들이고. 아니다. 그 계절도 낯설지만."

키 작은 친구가 말했다. 그 친구는 무슨 말이든 해 보라고 한 번 더 나를 채근했지만 나는 뭐라 할 말이 생각나지 않아 여전히 묵묵부답인 채로 검정 양복을 입은 친구들이 타는 차에 올라탔다.

우리를 태운 차는 다시 서울을 향해 출발했다.

"그래, 이제 다 끝났으니 지금 이 상황이 무슨 메시지인지 말 좀 해 줘라. 전태일 문학상 수상 작가답게."

나이 마흔에 백발이 된 이 친구가 나를 십수 년 전에 초등학교 동창 모임으로 초대했다. 우리가 졸업한 초등학교에서 소설 쓰는 작가가 된 사람은 내가 처음이라는 것이 초대의 명분이었다. 나는 굳이 거절할 이유가 생각나지 않아 마흔 몇 살이 되어서 초등학교 졸업 후 한 명도 만나 보지 않은 초등학교 동창들이 참석하는 모임에 나가게 되었고, 그 결과 모르고 지나가도 좋았을 경험들을 십수 년 동안의 모임에서 하게 되었다.

나는 지난 사흘 동안 할 말이 생각나지 않아 입을 다물고 있을 뿐인데, 친구들은 내게서 무슨 말인가를 듣고 싶어 했다. 나이 육십을 감당하지 못한 채 스스로 눈을 감아 버린 친구가 마지막으로 남긴 몇 글자 안 되는 쪽지 유서가 있는데, 내 이름 석 자 뒤에 자신이 말해 준 진실을 꼭 세상에 밝혀 달라는 부탁이 담겨 있었기 때문이다.

그러나 나는 그가 말한 진실이라는 내용을 말할 자신이 없었다. 그래서 내 침묵은 아직도 이어졌다. 검정 넥타이를 맨 친구들 역시 나만큼 무거운 마음인지 침묵했고, 큼지막한 대형 승용차는 다섯 남자가 앉아 있는 무게 때문인지 더욱 무섭게 질주하고 있었다.

"답답혀서 뒤지는 줄 알았다. 암튼 서울 다 왔씅게 각자 집으로 행차하실 것인지, 그 씨부럴넘 냄새나는 막걸리 집에라도 가서 한잔허구 갈 것인지나 어서 결정혀라."

운전대를 잡고 있는 그는 언제나 명료한 친구이다. 자칭 돈 잘 버는 공인중개사이다. 그래서인지 차는 항상 크고 좋은 것만 타고, 그 친구가 함께하는 술자리의 계산은 언제나 그의 카드로 계산이 되어야 한다. 가진 게 돈밖에 없다고 항상 큰 소리로 말하는 그 친구가 살아있는 유일한 이유가 친구들에게 밥 사 주고, 술 사 주는 것이라니 우리들은 언제나 할 말을 잃게 된다.

우리들은 그 친구의 냄새가 어딘가에서 풍겨지고 있을 것이라 믿어 의심치 않는 이십 년 단골집에 들어와 앉았다. 처음 십여 년 동안은 매월 한 번, 그 후 십여 년 동안은 계절별로 한 번 동창회 정기 모임을 하던 해물 전문 식당이다. 우리는 미더덕찜을 좋아했고, 항상 막걸리만 마시는 그 친구를 마지막으로 한 번 더 생각한 후 머릿속에서 완전히 삭제하기로 의견을 모아 막걸리를 마시기로 했다.

"그 씨부럴놈은 치깐 냄새나고 목구멍이 콱콱 멕히는 이노메 막걸리를 왜 그렇게 주구장창 처마신 거여."

돈밖에 가진 게 없다는 친구가 말했다.

"이 막걸리는 헛배가 차오니까 많이 마시지를 못하겠어. 그리고 해물찜에 막걸리는 조금 그렇다."

백발의 교수가 조금 떨어져 앉은 나에게는 또렷하게 들리지 않을 정도의 저음으로 소곤거리다시피 했다.

"우리 백 교수가 그렇게 말하니, 파전이라도 어디서 배달시켜야겠다. 아니면 소주 좀 시켜라."

키 작은 친구가 말했다. 그 친구는 미더덕찜과 섞여 있는 콩나물을 골라 접시에 담고 있던 나를 바라보았다. 소주만 마시는 내가 억지로 막걸리 잔을 들었다 놨다 하는 것이 마음에 걸린 모양이었다.

"그러자 씨벌. 친구덜 놔두고 먼저 간 새끼가 나쁜 놈이지 살아 있는 우리가 잘못한 게 머 있다고 이렇게 용서를 비는 듯한 참회의 분위기로 목구녕에 걸려서 삼켜지지도 않는 것을 처마시고 있냐고. 사장님, 여기 소주 한 짝만 갖다 주시오."

돈밖에 가진 게 없는 친구가 주절주절 넋두리를 하더니 결국에는 특유의 쩌렁쩌렁한 목소리로 소리쳤다.

"나는 그냥 막걸리 마실게."

춘천 닭갈비 납품업체 사장이 검정 넥타이를 풀어 주머니에 넣으면서 말했다.

"어이 작가 선생, 그 고상헌 주둥아리로 말 좀 혀 봐. 며칠 전 그 씨부럴넘이 작가 선생한테 찾아갔었다며?"

우리는 취했다. 백발의 교수도 돈밖에 없는 공인중개사도 키 작은 친구도 춘천 닭갈비 납품업체 사장도 나도. 그 중에 누군 가가 한 번 더 '그 씨부럴놈'이 찾아와서 무슨 말을 했느냐고 물 었다.

이번에는 키 작은 친구가 검정 넥타이를 풀어 주머니에 넣었다.

"그려, 너 사흘 동안 말 한 마디, 아니다. 너는 언제부턴가 우 리 모임에서 말을 아주 안 헌 거 같은데, 우리에게 서운한 거 있 냐?"

키 작은 친구가 작심한 듯 말했다. 그래도 나는 할 말이 생각 나지 않았다. 그때, 친구가 나를 멀리서 일부러 찾아왔던 그때 나는 왜 그랬을까, 그 생각만 머릿속에서 나를 어지럽게 했다.

"그 씨부럴놈, 정신 차리고 한 번 더 잘살아 보라고 내가 집 얻어 주고, 용돈 팍팍 챙겨 주면서 일거리 줬는데 왜 죽어 버렸 냐니까. 그것도 환갑날 아침에 말여. 그 새끼 나를 완전히 배신 헌 거랑게."

우리는 돈밖에 없는 친구의 말이 시작되는 동시에 술잔을 들 어 마셨고, 빈 잔에 다시 술을 채웠다.

"그 새끼 말여. 순경할 때부터 내가 어떻게 키웠는지 아냐? 어메 돌아가시고, 아부지가 몇 달 있다 농약 마시고 어메 따라가겠다고 가 버리니까 쪽팔려서 순경질 안 하겠다고 지랄허더라. 그래서 내가 그랬지. 좆같은 소리 지껄이지 말고 너는 잘 살아야 헌다고. 그러고 나서는 한 십 년 지낭게 또 강력계 형사질 못 해 먹겠다고 지랄을 허는데, 정의가 어떻고 진실이 어떻고 허면서 씨부렁대는데, 참말로 기가 막혀서. 그러더니 덜컹 이혼하더니, 형사질까장 때려치우고 서울 와서 거지꼴 하고 다니는 거 내가 거둬 줬잖아. 정말이지 허구헌 날 내가 잘 먹고 잘살자고 달래느라 좆 빠지는 줄 알았당게. 너들은 그 속 모를 거다. 정말 같은 동네에서 태어나서 부랄친구가 된 죄로 그 새끼 일 저지를 때마다 밑 다까 주니라고 환장허는 줄 알았당게……."

그 친구는 죽기 열흘 전에 나를 찾아왔었다. 산골짜기 오두막에서 철마다 쑥쑥 올라오는 풀이나 새순, 그리고 버섯 같은 것을 뜯어 팔기도 하고, 삶아 먹기도 하면서 사는 나를 찾아온 그 친구가 솔직히 나는 반갑지 않았다. 행색이나 몰골이 나보다 비참해 보여서가 아니었다. 비록 어렸을 적에 옆 동네 살았지만, 가깝게 지냈던 친구도 아니었다. 서로 이름만 아는 사이였다. 나는 중학교를 도시로 와서 다녔기 때문에 서른 살 넘어 만나는 고향 마을 친구나 선배들도 그랬고, 초등학교 동창 모임에 참석해도 모두 낯설어 데면데면할 뿐이었다. 그런 나를 산골짜기까지 굳이 찾아온 친구는 그가 처음이었다.

"친구야, 십오 년 전이었지 아마. 너가 처음 우리 동창회에 왔을 때부터 너에게 하고 싶은 말이 있었어. 그 말 좀 하려고 찾아왔으니까 내 말 좀 들어 주라."

"나 소설 안 써."

"소설 써 달라고 하려는 말 아녀. 내 가슴에 박혀 있는 대못 좀 빼내고 싶어서 그려."

나는 그가 '가슴에 박혀 있는 대못'이라고 말하는 순간 까맣게 잊고 있던 말이 생각났다.

아마 십 년쯤 전이었다. 잠자리에 누워 별 볼일 없는 생각을 하고 있을 때 전화벨이 울렸고, 받아 보니 그 친구였다. 당시 친구는 강력계 형사 반장이었다.

"내 말을 듣고 나를 고발해도 괜찮다는 것을 확실하게 먼저 말할게. 너도 알거야. 오 년 전쯤에 여기서 살인 사건이 났던 거. 할머니 한 분과 장애인 딸이 집 마당에서 칼에 찔려 살해된 사건 말이다. 근데, 그때 내가 어떤 사람을 살인자로 몰아 감옥에 밀어 넣었어. 그 사람이 범인이라는 증거는 솔직히 없었어. 그가 자기가 죽이지 않았다고 말했는데, 나는 그 말을 듣고 싶지 않았지. 그래서 그가 범인이라고 결정짓고 수사를 했던 거야. 그래, 때리기도 했고, 잠도 안 재우고, 겁도 주었고, 협박도 했어. 그렇게 해서 그 사람은 무기 징역을 선고 받아 지금도 교도소에 있다. 나는 그 사건 덕분에 진급했고, 잘 먹고 잘살지만. 친구야, 지금 내가 어떡해야 될까?"

"너 술 마셨냐?"

"그래, 좀 마셨다. 이런 말을 제정신으로 할 수 있겠냐."

"그럼 잠이나 자라. 그런 말은 장난이라도 하지 말고."

"너는 내가 장난으로 이런 말을 생각 없이 할 사람으로 보이냐?"

"너 얼마 전에 이혼했다는 말 들었는데, 사실이야?"

"했어."

"속상한 일 많은가 본데, 잘 이겨 내라. 말실수 하지 말고. 끊는다."

나는 일 년에 한두 번 동창 모임에서 보는 친구가 밤늦은 시간에 술에 취해 하는 말을 곧이곧대로 믿고 싶지 않았다. 초등학교를 졸업하고 삼십여 년이나 지난 다음에 만난 친구였고, 술 취한 동창들과 섞여 노래방에서 어깨동무하는 정도의 친구일 뿐이었다. 흔한 말로 발가벗고 들어가는 사우나 한번 같이해 본 적 없는 친구가 술 취해서 하는 말을 머릿속에 담아 두고 생각할 정도로 그때 나는 한가하거나 여유롭지도 못했다.

그 후 나는 동창 모임에 나가도 누가 물어 오는 말에나 겨우 대답해 줄 정도로 말을 아꼈다. 몇 년 전부터는 온라인이나 오프라인 모임에 참여하는 동창들의 수가 줄어들면서 정기 모임이 줄어들었고, 카톡 채팅방에서 친구들의 경조사나 모임 소식을 주고받았다. 나는 처음부터 채팅방에 들어가 있었지만, 아직까지 단 한 줄의 인사말도 올리지 않고 있었다. 심지어 동창들의 경조사 소식에도 반응을 하지 않은 채 친구들 모임 소식과 올려주는 사진 정도만 확인하고 있었다.

게다가 그 친구는 카톡 채팅방에 처음부터 입장하지 않았다. 그런데 열흘 전 느닷없이 그 친구가 산골짜기 오두막으로 찾아온 것이다.

"……시벌, 세상 좆같이 살은 나도 이렇게 당당허게 잘 사는데 그 거룩한 순사 나리께서 왜 정초부터 그랬다냐. 누가 말 좀 해 줘라. 내가 납득헐 수 있게 말여."

돈밖에 가진 게 없다는 친구는 내 침묵에 지친 듯이 검정 넥타이를 풀어 주머니에 넣었다. 키 작은 친구는 아까부터 자다 깨다하며 추임새를 넣듯 그려, 그렇지, 했다. 춘천 닭갈비 납품업체 사장은 테이블 밑으로 발을 뻗은 채 벌렁 누워 잠들어 있었다. 백발의 교수만 아직은 꼿꼿한 자세로 앉아 있지만 백발의 무게를 견뎌 내지 못하고 이내 무너질 것만 같이 위태롭게 보였다.

"우리는 이제 또 한 번 태어나는 거다. 어머니 몸에서 나와 서른 살이 될 때까지 우리는 어떻게 살았나, 서른 살이 되어 지금까지 우리는 또 어떻게 살았는지 생각해 보면 예순이 된 지금부터는 또 어떻게 살아야 할지 막막하잖아. 그게 나도 솔직히 두렵다."

백발의 교수가 말했다.

"그치, 나도 그렇당게. 내가 서른 살 때 하루에도 수십 번 머리 위로 비행기가 떨어졌다가 올라갔다가 허는 신월동 지하 단칸방에서 살았는데, 친구 따라 강남 간다고 좆도 모르던 내가 친구 좆 잡고 국가 고시라는 공인중개사 시험을 봤잖어. 그때는 처음잉게 한글만 읽을 줄 알면 다 합격허는 시험이었는디, 그게 내 인생을 확 바꿔 놓더랑게. 여기든 저기든 아파트 단지 하나 생기면 나는 주머니에 넣을 수 없어서 가방을 챙겨 들고 출근해야 할 정도로 돈을 챙겼당게. 그렇게 삼십 년을 살은 지금 나는 돈밖에 가진 게 없는 잡놈이 된 거지. 소설 쓰는 저 친구처럼 고상허지도 못하고, 백 교수님처럼 존경허는 제자는커녕 내 걱정해 주는 자식새끼 한 놈 없응게 말여. 나이 처먹어서 지금부터는 먼 짓 허면서 하루하루 살어야 허나 생각만 허면 답답혀. 좆대가리도 이제 안 스니 돈만 많으면 뭐하냐고."

"그치이. 고으럼. 그러다앙게."

키 작은 친구가 졸던 눈을 힘들게 껌벅거리며 정확하지도 않은 발음으로 추임새를 넣었다. 서른 살에 결혼했고, 마흔 다섯 살에 이혼한 키 작은 친구는 하나 있는 딸아이에게 늘 미안하다고 말했다. 누구나 처음하게 되는 서른 몇 살의 아빠 역할에 소홀했다는 것이 그 이유이다. 지난해 여름에는 스물 몇 살의 딸아이가 느닷없이 전화해서 밥은 잘 먹고 사느냐고, 날이 너무 더우니까 건강 잘 챙기라고 해 준 말이 가슴에 꽂혀 먹먹하다며 울먹이기까지 했다. 아빠를 걱정해 주는 말을 처음으로 들었다는 것이다. 그때 나는 울먹이는 친구에게 이렇게 말했었다. 딸내미도 이제 결혼할 준비가 되어 있나 보다, 고.

"살아간다는 것은 매 순간 누구나 처음 살아 보는 시간이잖아. 그래서 나는 이제부터 다시 시작하는 서른 살이 되고 싶다. 몇 년 남은 정년 미련 없이 버리고 다시 시작해 봐야겠어. 서른 살의 내가 되어 온전히 나만을 위해 다시 시작해 보고 싶은 거다."

백발의 교수가 나를 일부러 똑바로 바라보면서 말했다.

"우리가 그럴 수만 있다면 좋겠지만, 나는 서른 살로 다시 돌아가기 겁난다. 너무 힘들고, 자신 없어. 생각해 보면 내가 지나온 삼십 대와 사십 대 정말 많은 시행착오를 경험했거든. 그래서인지 오십 대는 자신감은커녕 무엇을 한다는 것에 두려웠던 것 같아."

나를 바라보는 백발의 교수 눈빛이 하도 진지해서 내가 말했다.

"너그든 좋것다. 고상허게 뒤를 돌아볼 줄도 알고, 생각을 정리헐 수도 있응게. 나는 내가 살아온 그 시간들 솔찍허니 말허면 생각허기도 실커든. 왠 줄 아냐? 내 주둥아리에서는 자동으로 앉으나 서나 사모님, 사모님 소리가 나왔거든. 나는 지난 삼십 년을 그렇게 주둥아리질만 허면서 살았웅게. 상가 분양 하나 끝내는데 여섯 달이면 최소한 억은 벌었당게. 나는 그렇게 매일 똑같은 시간을 살았웅게. 그래서 지금은 돈밖에 없고, 이 돈을 어떻게 해야 할지 모르것당게."

"너는 지금 귀신 씻나락까 먹는 소리를 그렇게 진지허게 하고 있어?"

누워 있던 춘천 닭갈비 납품업체 사장이 머리 긁적거리며 일어나더니 말했다. 이십 대부터 부모님이 평생 일궈온 과수원을 나라가 경제 구역 개발을 한다며 강제(쌀 생산량을 늘리기 위해 과수원이나 밭과 임야 등을 논으로 전환시킴)로 사들이면서 받은 돈으로 운수 사업을 시작한 친구이다. 덤프차 몇 대로 시작한 사업은 이내 큰 운수 회사가 되었고, 친구는 그때부터 외제차를 몰고 다니는 젊은 사장이었다. 그러다 사십이 되기 한두 해 전 무슨 일이 있었는지 모르지만 회사는 부도를 맞았고, 친구는 거지꼴이 되어 다시 고향집 골방에서 담배만 뻑뻑 빨아 대다 어느 날 갑자기 마을에서 사라졌는데, 몇 년 뒤 알게 된 사실은 이랬다. 운수 회사 경리 직원이었던 여직원과 동거를 시작했고, 그 여직원의 고향인 춘천에서 닭갈비 식당을 하던 처갓집 일을 거들다가 그 유명한 춘천 닭갈비 식당이 전국에 늘어나면서 납품을 시작했고, 근래는 인터넷 온라인 판매 사업도 시작해 월 매출액 일억 원이 넘는다는 유망 중소기업 사장이라는 것이다.

"귀신 씻나락 까먹는 소리가 아니라, 앞으로 남은 우리 인생 어떻게 살아야 허나 걱정허다 나온 소리여 인마. 너는 똑똑헌 마누라 덕에 세상 걱정 없겠지만, 우린 심각허니까 잠자다가 남에 다리 긁는 소리 허덜 말거라."

만나면 늘 아무 일도 아닌 것에 티격태격하는 두 친구였다. 만나자마자 입고 있는 옷 메이커나 색깔 가지고 입 싸움을 시작했고, 걸핏하면 모임 후원 회비를 누가 더 많이 냈는가를 평소 잘 안 쓰는 고향 사투리까지 쓰면서 아옹다옹하는 모습에 친구들은 옛날 생각을 떠올렸다.

"남의 다리는 네놈이 긁고 있자녀. 지금 이 순간에 우리 어떻게 잘살아 보자가 중요한 게 아니고, 그 새끼가 왜 정초에 이 지구를 떠났는지 친구로서 많이 서글퍼하면서 애도를 혀야 되지 않냐."

춘천 닭갈비 납품업체 사장은 잠깐 잔 잠이 보약이라도 되는 듯이 정말 멀쩡한 정신이 되어 있었다.

"우리 엄니는 서른아홉 살 때 아버지가 이웃집 여자랑 바람피운다고 자살했고, 아버지는 그런 엄니에게 미안했다면서 마시면 바로 죽을 정도로 독한 농약을 마셔 버렸지. 그때 내 나이 스무 살이었어. 여동생 하나는 고등학생, 막내는 중학생이었지. 우리는 그 동네에서 살 수가 없어서 이모네 집으로 고모네 집으로 흩

어졌어. 나는 도망치듯 의경에 지원해서 갔는데 그게 내 직업이
된 거야. 의경 제대하니까 갈 데가 없어서 순경을 지원했거든.
그랬는데 왜 그렇게 나같이 팔자 꼬인 사람들이 많은지 경찰 완
장 차고 세상 지켜보니까 가관이더라. 서른 살쯤 되니까 나는 이
미 본래의 내가 아니더라. 너도 알다시피 나 친구들하고 말싸움
도 하지 못하던 머저리였잖아. 그랬는데 서른 살이 되어 세상 사
람들과 마주하니까 왜 그렇게 다들 하나같이 머저리들이었는지,
나는 머저리들을 거칠게 다루기 시작했어…….”

그 친구는 산골짜기까지 나를 굳이 찾아와 아픈 가족사부터
꺼내 들었고, 나는 그게 그 친구의 가슴에 박혀 있는 대못인가
싶었다. 아니었다. 그리고 이 정도는 초등학교 동창들은 다 아는
일이기도 했다. 처음 동창 모임에 갔을 때 강력계 형사라는 말을
듣고 내가 누군가에게 속삭이듯 저 친구가 정말 형사야? 물을
정도로 내 기억 속에 있는 그 친구는 항상 순한 얼굴을 하고 있
었고, 누구에게든 어떤 상황에서든 얼굴 찌푸린 적이 없었다. 무
엇을 하든 눈에 띄지 않는 순둥이였다.

“그래, 그러다 그 머저리 중에 한 놈을 살인자로 만들어서 평
생을 감옥에서 살다 죽게 처박아 버린 거야…….”

한번은 학교로 서둘러 가고 있던 아침 시간이었다. 책보를 어
깨에 멘 우리 또래의 아이가 무슨 급한 일이 있었는지 나와 서
너 명이 걸어가고 있는 옆으로 바람처럼 지나쳤다. 새로 생긴 둑

길이었고, 공사를 다 마친 길이 아니어서 여기저기에 자갈이 불쑥불쑥 튀어나와 있는 길바닥이었다. 아니나 다를까, 그 또래 아이는 우리보다 수십 걸음 앞서가던 순간 돌부리에 미끄러졌는지 고꾸라지듯 넘어졌다. 우리들은 그 친구가 코뼈라도 부러졌을 것이라고 생각하는 순간, 그 또래 아이는 벌떡 일어나면서 조금 뒤에 있던 우리들을 바라보면서 씩 웃어 보였다. 바로 옆 동네에 살던 그 친구였다. 입술과 광대뼈에 피가 묻어 있었다. 그 장면은 오십여 년이 지난 지금도 내 기억 속에 선명하다.

"아무리 생각해 봐도 내가 왜 지금까지 살고 있는지 후회가 된다. 내 아버지가 그랬듯이 나도 일찌감치 끝냈어야 할 인생인데, 매일 똑같은 후회를 하고 아무런 의미도 없는 반성만 하면 뭐하냐고. 새벽에 눈 떠서 오늘 하루를 더 살아야 한다는 생각을 하면 정말 구차하고 힘 빠진다. 정말 하루하루가 너무 힘들어서 너를 찾아왔다."

친구에게 내가 해 줄 수 있는 말은 없었다. 내가 지나온 시간들 역시 생각하면 매번 후회하고 반성할 수밖에 없는 것들이다. 스무 살에 만난 여자와 이 년 만에 헤어졌는데, 헤어진 후 한참이 지나서야 그 여자가 헤어질 때 임신 중이었다는 것을 알았고, 결국에는 그 아이를 지웠다는 말을 듣고 나서 얼마나 가슴 아파했던가. 그때 그 여자와 헤어지겠다는 생각만 하지 않았다면 내 삶은 지금과 전혀 다른 방향으로 가 있을 것이었다. 서른 즈음에 시작한 소설 쓰기 역시 처음부터 방향을 잘못 잡아 삼십 년 세월 동안 쓰다 말거나, 쓰고 나서 지워 버리는 짓만 하다가 포기하고 있었다.

평생을 남편 없이 혼자 살아온 어머니가 살아 있는 동안 한 번 더 찾아가서 맛있는 식사라도 같이 했으면 좋았을 것을 늘 내 처지만 생각했고, 늘 어머니 모시느라 마음고생을 했던 형과 누나 한테 살갑게 대한 적이 한순간도 없는 시간들이었다.

어디 그뿐이겠는가. 마흔 살 적에는 십여 년 동안 나만 바라보 느라 세상 남자들 다 외면한 여자에게 단 한 번도 사랑하는 감 정을 만들기 위해 노력해 본 적 없다. 아니다. 나는 그 여자에게 해서는 안 될 짓을 한 세상에 있어서는 안 될 나쁜 남자였다. 사 랑하지도 않는 여자에게 남다른 친구를 가장해서 사랑할 것처 럼 혼란을 준 것도 모자라 끝내는 "너랑 같이 있으면 온몸에 소 름이 돋을 정도로 싫어. 제발 나 좀 내버려 둬 줄래."라는 잔인한 말을 남긴 채 그녀에게서 도망쳐 산골짜기로 들어왔다.

우리들은 모두 항상 처음 사는 순간을 경험한다. 지금 이 순간 도 나와 우리들은 처음 경험하는 순간이다. 하지만 그렇게 살아 가는 순간은 멈추지 않고 다가오고 지나간다. 다만 서 있는 바람 속을 우리가 걸어가는 것인지, 바람이 서 있는 우리에게 다가왔 다가 지나쳐 가는 것인지는 아직도 모른다.

나는 그 바람 속에서 늘 혼자였고, 늘 흔들리고 있을 뿐이라는 사실이다. 어떤 이유로 내게는 아버지가 없는 것인지. 나는 왜 아주 어렸을 적부터 외할머니 가슴에서 자라야 했는지. 나는 지금도 그 사실을 받아들이지 못하고 있다. 혼자 세상에 버려졌다는 생각만으로 나는 십 대와 이십 대를 보냈고, 서른 살이 되어서도 마찬가지였다. 지금의 나도 그렇다. 결국 나는 그렇게 매일 처음 살아 보는 오늘을 견디면서 예순 살이 되어 있는 것이다.

나는 예순 살이라는 분명한 사실이 지금 너무 싫다. 나는 아무것도 한 것이 없는데, 나는 아직 한 걸음도 내딛지 못했는데, 지금 이 순간 내가 무엇을 해야 한 걸음이라도 앞으로 향하게 되는지 모르겠는데, 그래서 지금도 이렇게 멈추어 있는데, 내가 예순 살이라는 것이다.

"나는 왜 아니라는 사람을 그렇게 잔인하게 때리고 협박하면서까지 살인자의 누명을 씌웠을까. 그때 나는 정말 왜 그랬을까?"

나는 가슴속에 오랫동안 박혀 있다는 대못 같은 진실을 말하는 그 친구의 눈빛을 마주 보고 있을 수가 없었다. 고개를 돌리며 몸을 일으켰고, 얼굴이 화끈하게 달아오르는 것을 느꼈다.

"못 들은 걸로 할 테니까 이제 그만 하고 가 줄래."

그 친구는 왜 하필 나를 찾아와 가슴에 박힌 그 대못을 뽑아 달라고 간절하게 말했을까. 어느 누군가의 가슴에 묻고 있는 진

실을 들어 주고, 위로나 격려의 말을 해줄 수 있는 내가 아니었
는데.

"친구야, 내 말 좀 들어줘 제발. 나 지금 이대로는 더 못 살 것
같아서 그래. 지금 내가 어떻게 해야 하는지 좀 말해 달라고. 너
작가잖아."

"작가가 그런 말 들어주는 사람도 아니지만, 나 작가 그만 됐
으니까 그만 가 줘라."

결국 나는 그 친구가 가지 않아서 내가 오두막을 나와 밤새 걸
었다. 아침 해가 떠오를 즈음 나는 오두막이 있는 마을을 벗어
나 읍내에 있었고, 어디론가 가고 싶은 마음에 시외버스 터미널
에서 버스 시간표를 보고 있었다. 얼마 후 동해로 향하는 버스에
나는 앉아 있었고, 며칠 동안 여행으로 남루한 차림새 때문인지
내 옆자리는 줄곧 비어 있었다.

며칠 후 나는 오두막에 돌아왔다. 그 친구는 없었다. 그랬는데,
그 친구가 몇 글자 안 되는 쪽지 유서 한 장만 남겨 두고 죽어 버
린 것이다.

─그 분은 범인이 아니다. 나는 처음부터 그 사실을 알고 있
었다. 그럼에도 살인자로 만든 점 진심으로 그분께 죄송하고, 죽
음으로 용서를 빌고자 하니 친구야, 이 사실을 세상에 밝혀 주기

바란다. 남은 시간이나마 그분께서 행복해지기를 간절하게 기도
드린다. ―

　우리 중에 가진 게 돈밖에 없는 친구가 먼저 자리에서 일어났
다. 아침에 바쁜 일이 있어서 굳이 먼저 가야 한다며 계산대에서
술값을 다 계산하더니 깜박 잊고 그냥 갈 뻔했다는 듯이 다시 돌
아왔다.

　"내가 깜박 혔네, 내가 늘 자랑스러워하는 우리 소설가 친구를
끝까지 모셔야 허는데, 먼저 가서 미안혀. 갈 때 꼭 택시타고 가.
찜질방에도 가고. 또 길거리 편의점에서 밤새 궁상떨지 말고."

　늘 두툼한 지갑을 자랑스럽게 꺼내 들고 다니는 그 친구는 계
산대에서 오는 동안 지갑 속에 있던 노란 지폐를 꺼내 벌써 양
손에 나누어 들고 있었고, 나는 받지 않으면 그 친구가 화낼 것
같아서 그 돈을 받아 주머니에 넣었지만, 키 작은 친구는 테이블
위에 노란 그 지폐 몇 장을 그대로 올려놓고 있었다.

　"저 인간 젊은 애인한테 가려고 내빼는 거야. 지난달에는 그
애인 데리고 춘천으로 골프 치러 왔더랑게. 암튼 좆도 안 서는
놈이 젊은 애인한테 왜 가. 미친놈이랑게."

　춘천 닭갈비 납품업체 사장이 말했다.

　"너는 그런 말 함부로 허지 말고, 낭중에 챙피당허는 일 만들
지 말거라.

키 작은 친구가 조금은 정신 차린 표정으로 말했다.

"나는 이제 그런 짓 안 헝게 걱정 말거라."

"그 말을 누가 믿겄냐. 개버릇도 넘 주기 아까워서 못 주는 놈이."

"다 정리했어, 참말로."

춘천 닭갈비 납품업체 사장은 젊은 여자를 몇 명 만나면서 해외로 원정 나가는 파트너, 국내에서 즐기는 파트너로 나누어 사귄다고 몇 해 전부터 스스로 자랑질을 하였고, 이십 대에 운수사업을 할 때부터 항상 예쁜 여자를 파트너로 두고 있었다는 것을 자신의 큰 자랑거리인 양 떠들어 댔다. 그래서 여자 동창들이나 몇몇 친구들에게 사람 취급 받지 못하면서도 동창 모임은 빠지지 않고 나오는 편이었다.

"암튼 너 같은 친구를 안 버리고 살아 주는 니 와이프를 존경할 따름인 게, 너는 제발 개과천선해라. 나도 먼저 갈게."

키 작은 친구가 일어났다.

"그럼 우리도 일어나자. 여기도 문 닫을 시간 다 되었을 텐데."

우리들은 식당에서 나왔다. 서울에서 밤 열 시는 초저녁이나 다름없었다. 현란한 불빛들이 각자의 이름을 밝히고 있었다. 얼른 이해하기 어려운 외래어 이름 카페나 게임방 등등이 우리말 이름 식당 간판보다 훨씬 많은 것에 올 때마다 낯설었다.

키 작은 친구는 집에 들어간다며 카카오 택시를 불렀고, 아까 친구에게 받은 돈을 굳이 내 주머니에 넣어 주었다. 나는 동창 모임에 참석할 때마다 친구들과 헤어진 뒤 술 취한 채 거리를 헤매다가 지하철 첫차를 타고 시외버스 터미널에 가서 다시 첫 버스를 기다려 산골 오두막에 갈 수 있었고, 그 사실을 알게 된 친구들은 매번 나를 걱정하고 여비를 챙겨 주고는 했었다.

키 작은 친구를 태운 택시가 골목길을 벗어나면서 사라졌다.

"백 교수, 오늘은 내가 근사한 데로 가서 한잔 더 살 테니까 가자고. 간 놈은 간 것인 게, 살아 있는 우리는 이제부터라도 해 볼 거 다 해 보고 멋지게 살자고."

춘천 닭갈비 납품업체 사장이 기다렸다는 듯이 말했다. 백발의 교수는 나를 바라보았고, 나는 시외버스 터미널에서 저녁 여덟 시에 출발하는 막차를 타지 못하면 할 수 없이 새벽까지 배회해야 하는 입장이다 보니 마다하는 것이 망설여졌다.

"그려 그럼, 돈 잘 버는 사장님답게 멋진 곳에서 한번 사 봐."

백발의 교수가 동창 모임에 와서 2차로 술집을 가는 것은 아마도 처음일 것이었다. 춘천 닭갈비 납품업체 사장이 앞장서서 걸었고, 백발의 교수는 내 어깨를 안았다.

"친구야, 내가 마흔 살 적에 전국에 뿔뿔이 흩어져 사는 친구들을 모아 동창 모임을 만들었는데, 가끔은 후회를 했어. 외로운 친구들이 많이 참여해서 서로 의지하고 힘이 되어 주기를 바랬는데, 그게 안 되더라고. 벌써 십년 쯤 됐네. 거제도에서 남편 일찍 잃고 혼자 외롭게 살던 친구가 암으로 고통받다 떠날 때 정말 너무 힘들었지,"

백발의 교수는 내 어깨를 안고 있는 손에 힘을 더 주었다.

"우리들은 정말 힘든 세상을 살아왔잖아. 숨 가쁘게 달려가는 사람들과 시스템에 적응하기도 벅찬 세대였지. 그래서 소외되는 친구들이 너무 많았어. 나도 지금까지 낙오되지 않으려고 뒤에서 쫓아오느라 너무 힘들었거든. 앞으로도 그렇겠지……."

몇 걸음 앞에서 걷던 춘천 닭갈비 납품업체 사장은 지하철역 출구 옆에서 택시의 문을 열고 우리 둘을 기다리고 있었다. 우리 둘은 그가 열고 있는 택시 안에 들어가 앉았고, 그는 앞자리에 앉아 안전벨트를 매면서 방배역 2번 출구 앞에 가자고 운전기사에게 말했다.

"구십년 대 나는 전동 타자기로 글을 처음 썼는데, 워드가 나오더라. 그러더니 며칠 안 지나서 컴퓨터가 바로 나오더구만. 사십 대가 되니까 컴퓨터로 글을 찍어 내는 젊은 친구들과 독수리 발톱을 하고 글을 쓰는 내가 어떻게 경쟁할 수 있겠어. 결국에는 포기하게 되더라고."

나는 아직도 내 어깨를 힘주어 안고 있는 백발의 교수에게 넋두리를 하고 있었다. 몇 년 전까지만 해도 가끔 통화하면서 대표작 하나 발표해야지, 라고 말해 주던 그의 다정한 응원에 보답하지 못한 아쉬움을 그렇게 내보이고 있었던 것이다.

"맞어, 나도 여직 독수리잖아. 고쳐 보려고 나름 엄청 노력했는데 처음부터 잘못 배워서, 아니다. 습관이 잘못 들어서 그런지 안 되더라고. 우리 나이가 컴퓨터를 누구한테 배워서 시작한 예보다 그냥 시작한 경우가 대부분이니까."

백발의 교수는 여전히 나를 응원하고 있는 마음이 느껴지도록 다정하게 말했다.

"지금 생각해 보면 스무 몇 살 때 내가 사랑하는 여자한테 왜 그랬을까 싶고, 서른 몇 살 때 나는 왜 잘 다니던 회사를 그만두고 소설을 쓰겠다고 이렇게 힘든 선택을 했는지 후회가 되고. 마흔 살 때는 왜 세상 사람들과의 경쟁을 포기했는지 정말 후회가 되더라고. 지금 예전에 그 마흔 살로 똑같이 돌아간다면 정말 잘해 낼 수 있을 것 같거든."

나는 아까와 달리 정말 가능한 일이라면 이십 년 전으로 돌아가 다시 시작하고 싶어졌다. 적어도 마흔 살부터만 다시 시작해도 지금처럼 초라한 글쟁이로 낙인찍히지 않고 살아갈 수 있을 것 같아서였다.

"다 왔다. 고상한 말들 그만 허고, 내리자."

춘천 닭갈비 납품업체 사장은 벌써 택시에서 내리고 있었다.

춘천 닭갈비 납품업체 사장이 앞장서 들어간 곳은 높은 빌딩

지하에 있는 술집이었다. 입구에서 보면 카페 같은 분위기였다. 이중으로 되어 있는 출입문은 좁았는데 홀은 넓었다. 스탠드 테이블이 홀 가운데 있었고, 사십 대 남자와 얇은 옷을 입은 여자 두 명이 빠른 리듬의 노래를 하고 있는 무대도 적당하게 화려했다. 실내조명도 요란하지 않았다.

우리는 그 무대를 왼쪽으로 두고 뒤로 돌아가는 춘천 닭갈비 납품업체 사장의 뒤를 따라갔다. 서른 몇 살쯤 되어 보이는 젊은 여자가 그를 반갑게 맞이했다. 둘은 가볍게 포옹을 했고, 여자는 우리가 일행인 것을 굳이 소개받지 않아도 알겠다는 듯이 룸으로 안내했다.

"이 친구는 대학교수님이시고, 이 친구는 소설 쓰는 작가 선생이니까 알아서 잘 모셔야 된다. 내가 아는 최고로 멋진 친구들인데, 오늘 되게 우울한 날이거든."

서른 몇 살쯤 된 여자는 우리 셋을 번갈아 살펴보더니 별 망설임 없이 내 옆에 앉았다. 검은 양복에 검은 넥타이를 아직도 매고 있는 교수 옆에 앉기는 부담스러웠을 것이고, 산골 오지 마을에서 몇 년째 입고 다니는 단 하나의 외출복인 두툼한 점퍼가 그녀의 선택을 쉽게 했을 것이다.

"우리 애들이 사장님 취향은 잘 알잖아요. 근데 우리 선생님들께서는 어떤 애들을 좋아할까요?"

서른 몇 살쯤 된 여자는 백발의 교수와 나를 번갈아 보면서 내가 다 알아 하는 눈빛을 발사하고 있었다.

"마담답지 않게 왜 그러냐. 점잖은 친구들인데 그렇게 물어보면 되겠어. 일단 술은 여기 스타일대로 다 들여보내고, 큰 애 하고 귀여운 애 하나로, 오케이."

춘천 닭갈비 납품업체 사장은 벌써 담배를 물고 있었고, 짧은 다리를 꼬고 앉아 있는 모습이 마치 어설픈 보스 같았다. 백발의 교수는 아까 마신 술이 다 깬 듯한 표정으로 이건 아니다 싶은 눈빛을 하고 있었다.

"우리는 술만 있으면 되는데……."

나는 낯선 젊은 여자들과 농담이나 지껄이면서 술을 마시는 재주가 본래 없는 편이었다.

"무슨 소리야. 마담아, 우리 나이에는 관리를 더 잘해 줘야 하니까 얼른 나가서 줏 잘 서게 하는 애들로 골라서 보내라."

나는 할 말이 더 생각나지 않았다. 백발의 교수는 소파에 등도 기대지 못한 채 금방이라도 뛰쳐나갈 자세였다. 그러나 마담이 잠깐만 기다리라는 말을 남기고 먼저 나갔다.

"나는 술 한잔 더하려고 온 거지 여자가 필요해서 온 건 아니다."

백발의 교수가 다소 상기된 얼굴로 말했다.

"세상 물정 모르는 친구들아, 술을 멋대가리 없는 남자들끼리 마시면 무슨 재미가 있냐. 옛날 선비들도 다 여자 치마폭에서 술

마신 거 몰라."

"너는 춘천 사는 사람이 여기를 언제 왔었냐?"

춘천 닭갈비 납품업체 사장은 그런 걸 묻는 나를 한심하다는 듯이 바라보았다.

"내가 동창 모임에 괜히 왔겠냐. 여기서 놀다 가려고 안 빠지고 꼬박꼬박 온 거지."

술상은 금방 차려졌고, 귀엽고 가슴 큰 아가씨들도 바로 들어왔다. 아가씨들은 앉자마자 정해진 순서가 있는 듯이 기계처럼 술잔과 안주를 배치하더니 술병을 들어 빈 잔을 채웠다. 비싼 양주라는 것만 눈치껏 알아챈 나는 가슴이 큰 아가씨가 따라 주는 술잔을 바로 비웠다. 백발의 교수도 귀여운 아가씨가 따라 주는 술을 서너 잔 거푸 마셔 대더니 화장실에 다녀오겠다면서 일어났다. 아가씨가 따라 나가려고 일어서자 그답지 않게 어디를 따라 오냐며 언성까지 높였다.

백발의 교수는 한참이 지나도 돌아오지 않았다. 귀여운 아가씨가 그를 찾아 나갔다 와서는 백발의 교수가 밖으로 나갔다는 것을 확인해 줬다. 그러고는 아가씨가 속상하다는 얼굴을 하고 나가려고 하자 춘천 닭갈비 납품업체 사장이 그녀를 붙잡았다.

"너도 작가 선생 옆에 앉아라. 앞으로 대표 작품을 써야할 작가니까 성심성의를 다해라."

귀여운 아가씨는 다시 기분 좋아진 얼굴을 하고 내 오른쪽 옆에 바싹 붙어 앉았다. 아가씨들은 나에게 이것저것을 물어보면서 술을 따라 주었고, 나는 횡설수설하면서 술잔을 비웠다. 춘천 닭갈비 납품업체 사장과 그 아가씨는 술은 안 마시고 무슨 짓을 하는지 아가씨 머리통만 테이블 위로 보였다가 사라지기를 반복하고 있었다.

나는 아가씨 둘이 내 사타구니를 만지작거리면서 무슨 짓인가를 하는데도 도무지 저항할 수가 없었다.

"아가씨들아, 이건 나쁜 짓이니까 하지 말고, 술이나 마시자."

내가 겨우 이렇게 말을 내뱉은 것은 바지 허리띠가 풀리고 가슴 큰 아가씨 손이 바지 속으로 쑥 들어오는 것이 느껴져서다. 하지만 가슴 큰 아가씨 손은 멈추지 않았고, 오른쪽에 앉아 있던 귀여운 아가씨가 입술을 덮쳐 오더니 술 한 모금을 뱉어 주고는 내 혓바닥을 쪽쪽 빨아먹기 시작했다.

그러나 내 아랫도리는 아무런 변화가 생기지 않았다. 도리어 더 위축되어 몸속으로 숨어들고 있었다.

전태일을 알게 된 이십 대(1980년대) 문턱에서 내가 초라한 인간이라는 것을 알았고, 살아 있는 동안 부끄럽지 말자고 다짐했었다. 내가 전태일일 수는 없지만, 그가 불구덩이에서 외친 외마디가 헛되지 않도록 초라하지 않은 인간이 되어야 한다는 생각이 나를 문학의 세계로 들어서게 했다.

나는 그렇게 삼십 년을 살았다. 꼭 쓰고 싶었던 소설(전태일 문학상 수상작인 「사람의 얼굴」은 아직 미완성인 채 발표된 것임)은 시작만 해놓고 아직 완성하지 못한 채 그대로 멈춰 있다. 이제는 내가 살아 있는 동안 그 이야기를 다 쓸 수 있을지도 장담하지 못하겠다.

등단 후 글을 쓴다는 것에 대한 무거움을 나는 버텨내지 못한 채 나이를 먹어가고 있다. 앞으로도 그럴 수밖에 없다면 나는 아마도 내가 쓰고자 했던 이야기를 마무리하지 못한 채 살아 있는 것에 항복할지 모른다. 하지만 시간이 조금 더 지나더라도 나는 내 몸뚱이보다 먼저 포기 선언은 하지 않겠다.

2020년 이른 봄 좁은 베란다에 놓아둔 화분에서
연두 빛 새싹이 힘차게 돋아나는 것에 미소 지으며
이종하

누가 나에게
이 길을 가라 하지 않았네

최경주

1997년 제7회 전태일 문학상 수상
연작 소설 『사막의 모래바람』
산문집 『닥트공 최씨 이야기』

1

1970년 늦여름 더위가 좀처럼 꺾이지 않고 기승을 부릴 즈음 나는 기도원 현장에서 자원봉사를 하고 있었다. 자원봉사 신분이지만 일꾼들 못지않게 열심히 땅을 팠다. 마치 뭔가를 잊기 위해 몰입하듯 곡괭이질을 멈추지 않았다. 덕분에 지친 몸은 시장에 버리고 온 고뇌에서 벗어날 수 있었다. 모처럼 한두 달 고뇌란 놈은 사라지고 마음에 안식이 왔다. 하지만 날이 가고 더위도 노동도 익숙해질 무렵 시장에 두고 온 일들이 하나씩 떠오르기 시작했다.

하루는 점심을 먹고 쉬는 시간에 임시 거처 처마 밑 평상에 누웠다. 바로 옆 그늘에서 젊은 목사가 나무 의자에 앉아 신문을 펼쳤다. 먹물 잔뜩 머금은 활자 찍힌 종이 비비는 소리와 잉크 냄새가 흘러온다. 을지로 뒷길을 지날 때 골목에 가득 찬 잉크 냄새를 맡곤 했다. 휘발성 잉크 냄새는 옷감 원단 냄새와 비슷하다. 그래서 그런지 처마까지 드리운 엉기고 뒤틀린 아카시아 나뭇가지에 날아든 찌르레기 소리를 듣다 눈을 감았는데 가슴 깊이 빨리는 원단 냄새가 평화시장으로 꿈을 이끈다. 염색 통에서 막 꺼내 말린 듯한 특유의 두루마리 옷감 원단 냄새를 어찌 잊으랴?

옷감 원단 냄새가 흐르는 형광등 흐릿한 긴 복도가 보인다. 곳곳에 잘린 옷감 조각과 실밥 뭉치가 비닐에 담겨 쌓인 복도를 따라간다. 이곳은 낮은 형광등 빛을 따라 첫 마음을 준, 나다운 나를 잉태하고 일깨워 준 평화시장 B 동 건물 안이다. 시장은 내 노동의 고향이다. 턱에 수염이 나고 키가 자라는 동안 뭔가를 꿈꾸고 꿈을 위해 노동하고 싸움을 했던 곳이다.

시장 복도를 숨을 몰아쉬며 뛰듯 걷는다. 실밥을 딴 셔츠를 어깨에 잔뜩 짊어지고 계단을 두세 칸씩 뛰어올라 3층 왼쪽 복도로 돌았다. 점심을 먹고 화장실을 가려고 삼삼오오 나오는 여공들을 지나쳐 셔츠에 나나인치 단춧구멍을 찍으러 가는 길이다. 누군가 아는 척을 한다. 잠깐 멈춰서 인사를 하고 돌아서니 토시를 낀 여자아이들이 길을 비켜 준다. 재잘거림은 멈추지 않고 복도 창에서 햇살이 쏟아져 들어온다.

긴 복도 따라 열린 공장 문을 지날 때마다 아직 일손을 놓지 않은 미싱 도는 소리가 요란하다. 계속 걸었는데 도착했어야 할 단추 공장이 보이지 않는다. '여기가 어디지? 길을 잃은 건가?' 멈추어 생각을 해 본다. '이럴 수가 있나?' 매일 서너 번씩 오가는데. 누군가에게 물어야 하는데 물을 수가 없다. 더 갈 수도 없다. 지나왔나 돌아보니 그런 것 같지도 않다.

문득 옆 공장이 마음을 끈다. 셔츠를 입구에 쌓아둔 원단 더미에 내려놓았다. 끌리듯 안으로 들어가니 어둡다. 늘어선 미싱 주인들은 어디로 갔는지 비어 있다. 둘러보는데 우측 끝 구석에 인기척이 있었다. 복층 아래 어두운 벽에 시다였을 한 여자아이가 어찌지 못하고 혼자 서 있다. 몇 발자국 아이에게 다가섰다.

"왜 혼자 있어?"

말을 했지만, 그 아이는 듣지 못했다. 오른쪽 재단 판을 봤는데, 낯선 재단 판이 깨끗하게 비어 있다. 아이에게 다가가자 깜짝 놀란다. 한 발 더 가까이 가자 아이가 재빠르게 웅크리며 주저앉는다. 손을 내밀려는데 다가오지 말라고 고개를 흔든다. 여느 아이처럼 어깨가 왜소하다. 손가락 마디에 뼈가 드러나도록 뭔가를 움켜쥐고 있다. 꽉 쥔 흰 실밥 뭉치에 검은 얼룩이 보인다. 자세히 보니 얼룩이 붉디붉다.

"다쳤구나?"

한 발짝 더 다가서자 낮은 복층 형광등에 머리를 부딪쳐 먼지가 떨어진다. 아이 머리와 등에 떨어지는 먼지와 빛과 그림자가 뒤섞여 흔들렸다. 아이가 입을 꾹 다물고 고개를 세차게 흔든다. 왜 그러지? 미싱 바늘에 찔렸나? 쪽가위에 찔렸을지도 모르고, 다친 게 분명하다. 아이의 손을 펼쳐 보려고 손을 대니 아이가 손을 빼며 눈을 크게 뜬다. '도와주려는 거야!' 말을 했는데 목소리가 나오지 않았다. 내 손이 아이 어깨에 닿자 일부러 흉내 낼 수도 없이 아이 목덜미와 어깨가 떨어 댔다. 앉은 아이의 깡마른 엉덩이 가랑이 사이에 붉은 얼룩이 보였다. 자세히 보니 발목까지 흘렀다.

"아아!"

놀라 한발 물러섰다. 이럴 때는 어떻게 해야 하지?

"미안해, 놀랐구나? 괜찮아, 누구 불러 줄게."

아이는 상관없다는 듯 두 팔로 무릎을 감싸고 필사적으로 자신의 가랑이 사이를 파고들었다. 아이는 느닷없이 일어난 몸의 변화에 놀라 혼자 어쩌지 못하고 떨고 있었다. 알만한 여자가 필요했다. 그냥 자리를 피하려다 주머니에서 손수건을 꺼내 굽힌 팔뚝에 놓고 나왔다.

공장 밖으로 나왔을 때 뭔가 헷갈렸다. 이 상황이 뭐지 하는 의문이 들었다. 문득 평화시장이 보이는 동대문 운동장 앞 건널목 가운데 서서 어찌할 줄 모르고 있던 나를 떠올렸다. 처음 시장을 나오던 날 건널목을 건너다가 본 아침 흐린 하늘을 위로하고 길게 늘어선 붉은 벽돌 평화시장은 웅크린 붉은 애벌레처럼 기이하게 보였다. 길 건너 좁은 골목 틈으로 몰려가는 아이들과 그들의 작은 발뒤축 왜소한 어깨를 덮은 머리가 좌우로 흔들리고 들어가면 다시는 나오지 못할 것 같은 검붉은 시장이 나를 막고 있었다. 뭔가 혼란스러울 때면 신호등이 막 바뀌기 직전 그 건널목 가운데가 생각난다. 아이를 뒤로하고 나와서 첫 출근 때 그 건널목 가운데 섰다. 도시락 가방을 들고 뛰어가는 여자아이들 속에 엄마의 낮은 어깨가 보였던 것 같기도 하다. 곧 신호가 바뀌고 차가 달릴 즈음 복도에서 쏟아져 들어오는 환한 빛에 눈이 부셔 손으로 가렸다. 길을 잃을 때면 나는 여전히 그 건널목 중간에서 망설이곤 했다. 어디든 뛰어야 할 때까지.

잠이 깼다.

처마 그늘이 줄어들어 나뭇잎 사이 어른거리는 햇살이 얼굴에 내리쬐고 있었다. 삼각산 기슭에 계곡 급류처럼 새소리가 지저귀고, 정오의 태양이 봉오리 꼭대기를 지나 늦여름 더위가 절정에 오르고 있다.

방아깨비 한 마리가 평상에 올라와 머뭇거리다 무릎 위로 뛰어 올라왔다. 놈과 잠깐 눈을 마주치는데 세상의 모든 소리가 소멸하듯 귀에서 멀어지고 숨겨졌던 세밀한 소리가 살아난다. 방아깨비 무게로 다리를 움직일 수가 없고, 바지의 원단에 박힌 촘

촘한 미싱 자국이 선명하다. 어느 재빠른 손이 바짓단을 접어 미싱 전원 발판을 밟아 원단을 뚫고 실을 꿰어 드르륵 지나갔을 것이다. 실밥을 따고 다림질했을 아이들의 조막손과 다리미가 지날 때마다 접힌 끝단에서 달구어진 원단 냄새가 날 것이다. 미싱사가 규칙적으로 발판을 밟을 때마다 미싱 끝에 매달린 실패가 몸부림치며 실을 풀어냈을 것이고 좁은 공간 복판을 차지한 다리미 스팀이 쐐쐐거리며 뿜어져 나와 공장 안을 뿌옇게 가릴 것이다.

방아깨비가 풀숲으로 날아가고 갑자기 나른해진다.

꿈을 깼으나 아직 코끝에 원단 냄새가 아른거리고 미싱 돌아가는 소리가 멈추지 않는다. 모처럼 그들의 밝은 눈동자를 보니 기분이 좋아진다. 그날 그 아이가 왜 꿈에 나타났을까? 막 나온 옷들을 잔뜩 짊어지고 가쁜 숨으로 계단에 올라선 것처럼 어깨와 장딴지가 뻐근하다.

"너에게 고맙다는 인사를 하고 싶대."

꿈으로 나타났던 그날 일을 마칠 무렵, 미싱사 누나가 한 아이를 데리고 와 인사를 시켜주었다. 여공 서넛이 뒤따라 왔다. 누나 앞에 선 아이의 기름을 바른 듯 반짝이는 검은 머리카락이 그 순간에도 자라고 있었다. 동생에게 호의를 베풀었다고 아이의 언니가 수줍어했다.

"아니야, 내가 한 것도 없는데."

언니의 작은 손에 옥수수 두 개가 흰 천에 싸여 있었다. 두 손으로 건넨다. 저걸 받아야 하나 싶은데, 누나가 받으라고 턱짓을 한다.

사실 아무것도 아니었다. 그날 복층 아래 아이에게 다가가 수건을 준 것이나 누나를 불러 아이를 돌보게 한 일밖에. 그래도 고맙다고 건네는 옥수수를 거절할 수가 없어 낚아채듯 받아 우스꽝스러운 표정으로 한입 베어 물며 요란하게 씹었다. 옥수수 알이 입 밖으로 튀어나온다.

"바보처럼 왜 그래?"

누나가 그리 말을 하니 아이들이 '와' 하고 웃음을 터트렸다.

"너무 맛있으니까 눈물이 다 나네. 하하!"

또 한입 물고 광대처럼 손을 흔드니 아이의 언니가 웃으며 손등으로 눈물 젖은 볼때기를 힘껏 문질렀다. 다른 아이들과 웃는 미싱사 누나의 손이 아이의 어깨를 꽉 움켜쥐었다.

그래 시장에서 그런 일이 있었다.

손을 뻗어 손가락을 펴 보았다. 가늘게 흔들리는 나뭇잎 사이로 햇살이 흔들린다.

아이들이 아무리 지저분하고 원단 냄새 가실 날 없는 실밥 날아다니는 난장판 같은 공장에 파묻혀 있어도 눈동자가 너무 깊고 까맣다. 그 지독한 순수함에 참을 수 없이 화가 나곤 했다. 아이들의 웃음이 커질수록 기분은 더 우울해지고 한구석에서 애

틋한 마음이 일어나 작은 결을 일으킨다. 나뭇가지 사이 어른거리는 햇살에 손끝이 떨리고 올라간 입꼬리에 뜨거운 눈물이 닿는다.

2

목사가 일당을 주고 고용한 최 목수를 포함한 일꾼들은 출퇴근하였고, 청년 정태호, 중년의 김 중사, 열세 살 순임이는 기도원 곁방에 임시 숙소를 만들어 숙식했다. 순임이야 그렇다 치고 정태호와 김 중사는 다른 사람들과 달리 봉사자로 일당 없이 일꾼들 틈에서 허드렛일을 하였다.

김 중사가 기도원에 온 지 일주일쯤 되었다. 목사가 시내에 있는 교회에 다녀오는 날 함께 왔다. 올 때부터 기침을 심하게 했고, 신경이 예민해 작업 시작 이틀 만에 일꾼 중 한 명과 농담을 주고받다 티격태격하더니 먹살을 잡고 싸움을 벌였다. 곡괭이 자루와 삽자루가 부딪치기 전에 말리고 화해를 하기는 했지만, 두 사람은 다른 일꾼들과 따로 일하게 됐다. 첫날 그 싸움으로 오해가 있기는 했지만, 같이 먹고 자고 일을 하면서 조금씩 이해하게 되었다. 그는 기도원에 스스로 걸어 들어온 사람답게 자신을 억누르려 했다. 가끔 알 수 없는 말을 지껄이기는 하지만, 대답도 시원스럽게 잘했다. 일꾼 중 한 명이 왜 무료로 봉사하고 있느냐고 물으면, 기도와 노동이 몸과 마음을 치료한다고 말했다. 그럴 바에 공사판에 가서 전표를 받고 일을 하면 되지, 비아냥거리면 김 중사는 웃으며 주님을 위해 노동으로써 기도한다고 받아넘겼다.

정태호도 삼각산에 올라와 봉사 노역한 시기가 거의 사 개월이 되었다. 처음 산에 왔을 때는 진달래가 한창 꽃을 피운 봄이었는데, 지금은 마지막 더위가 몸부림치고 있었다. 정태호는 밀짚모자도 쓰지 않고 목이 곡괭이 자루처럼 반질반질하게 그을렸지만, 곡괭이질 하기에 여념이 없었다.

정태호는 셔츠가 땀으로 젖어들 즈음 곡괭이질을 멈추고 땀을 닦았다. 멀리 비탈 안쪽 우물 쪽 천막 밖에 순임이가 나비를 쫓아 뛰어다니고, 목사가 가마솥에 나무를 바깥으로 꺼내며 불을 줄여 뜸을 들이기 시작했다.

얼마나 쉬었나 땀이 식을 무렵, 정태호가 일어나 자기가 파던 붉은 흙더미를 보더니 이내 손에 침을 뱉어 비비고는 허리에 댔던 곡괭이 자루를 들었다. 김 중사가 밥때도 됐으니 쉬었다 밥 먹자는 말을 무시하고 땅 깊숙이 곡괭이 끝을 꽂았다. 곡괭이를 하늘 높이 뽑아 순간 멈추었다 내리꽂기를 몇 번, 김 중사도 어쩔 수 없이 자리에서 일어나 삽질하고 흙을 떠 리어카에 실었다.

"어느 정도 찼구먼, 한 번 나르고 점심이나 먹자고."

김 중사가 삽을 리어카에 꽂자, 정태호도 곡괭이를 그대로 두고 리어카의 손잡이 안으로 들어갔다.

"다들 내려오세요. 밥 먹고 합시다."

목사가 일꾼을 불렀다. 일꾼들이 기다렸다는 듯 일을 멈추었다. 정태호도 리어카를 그대로 두고 손잡이에서 나왔다. 김 중사와 땀을 닦으며 어지럽게 흩어진 목재들을 피해 기도원 앞으로 갔다. 평상 위에는 목사가 직접 기른 콩나물무침과 국이 있고, 지난밤에 정태호가 남대문 시장에서 사 온 닭을 삶은 백숙이 올라와 있다.

정오에 새마을 운동 뉴스가 나올 때쯤, 거의 다 먹고 빈 그릇만 평상 위에 즐비하고, 누가 만들어 줬는지 순임이는 나무로 만든 장난감 말을 손에 들고 '끼랴!' 소리를 외치며 깡충깡충 뛰어다녔다.

"아저씨는 노동일을 얼마나 했나요?"

김 중사가 숙소 문을 열고 담배를 반쯤 피웠을 때, 정태호가 누워 물어보았다. 줄곧 말이 없던 정태호가 자신에게 관심을 두자 김 중사가 어깨를 으쓱하며 노동으로 마디가 굵은 손가락을 쥐었다 펴며 뒤집어 보였다.

"좀 했지. 한 십여 년. 여기저기 돌아다녔지. 자네도 일은 좀 한 것 같은데. 군대는 다녀왔나?"

"아니요, 일은 조금 했어요."

"그래? 없는 놈은 노동으로 세상을 배우지. 학교는 별로 못 다녔겠군."

"국민학교를 다니다 말았어요."

말끝을 흐렸다.

"여러 가지 일을 했겠구먼!"

"노점도 하고, 엄마 따라다니면서 이것저것도 팔고, 그러다 평화시장에 들어갔어요."

"미싱사? 재단사? 노동자가 되었군. 진짜 노동자가! 이름표를 붙였어. 재단사라고? 멋진 이름이지. 뭔가 기술을 배워야 대접도 받고, 꿈꿀 수가 있어. 놀러도 다니고, 여자도 만날 수가 있어. 술도 마시고, 웃고 떠들 듯 신나게 살려면 기술이 있어야 해. 사람이 살아가는 첫 번째 길은 뭔가 이름 앞에 붙는 명함이 있어야지. 재단사 정태호!"

김 중사는 흥이 나서 손을 흔들며 말을 했다.

"아저씨는 무슨 일을 하셨는데요?"

"나야 원래는 용접사지. 전기 용접을 누구 못지않게 잘할 수 있는 용접공. 이게 내 이름이고 얼굴이지. 이 삽자루는 내 것이 아니야, 이건 노가다야. 어쩌다 여기까지 흘러왔는지."

김 중사는 손으로 쇠를 때우는 상상을 했다.

"그런데?"

"왜? 여기에 왔냐고?"

"네."

김 중사는 헛기침을 두어 번 하더니 가래를 뱉고 발로 문지르며 입을 쓱 닦고는 힐끗 정태호를 쳐다보고 다시 삼각산 푸른 안개에 가물거리는 정상을 쳐다보았다.

"그게 나도 궁금해. 클룩, 나도. 내가 왜 여기에 이러고 있지? 언제 여기에 왔나?"

혼잣말하다가 갑자기 껄껄 웃으며 땀이 맺힌 가슴을 북북 긁었다.

"다시는 용접을 안 하실 것처럼 말을 하시네요."

"내가?"

"네. 마치 뭔가에 가로막힌 것 같아요. 불가피하게. 남들에게는 아무것도 아닌데, 아무렇지도 않게 지나칠 수 있는 일도 도저히 할 수가 없는 경우처럼, 더는 용접을 할 수가 없는 거죠. 하면 할수록 끈덕지게 괴롭히는 뭔가가 있어요. 마치 쇠에다 용접봉을 대면 불꽃이 일어나는 것처럼, 일하면 할수록 자신을 충동질시키는 어떤 괴물이 있는 거죠. 심장에서 날뛰는 뭔가가, 머릿속에 뛰어들어 쥐어뜯는 뭔가가."

"생각이 깊은 친구군. 자네가 그런 모양이구먼."

김 중사는 무뚝뚝하게 말을 끊었다. 정태호는 입을 다물었다. 참새 떼가 밤나무 가지에 날아와 짹짹거리자 김 중사는 습관처럼 가슴을 긁으며 밖을 쳐다보고 정태호는 모로 벽을 향하고 눈을 감았다.

"발전소 현장에서 일했는데, 사람이 자주 다치고 때로는 죽어 나갔지."

김 중사는 긴 숨을 내쉬며 헛기침을 몇 번 하더니 나지막하게 말을 꺼냈다. 정태호가 눈을 떴다. 신문지를 바른 벽에 작은 글씨들이 어른거리며 움직여 마치 노동자들이 떨어지는 모습을 보여주는 듯했다.

"한 명, 두 명, 세 명, 뚝뚝 떨어지더구먼. 누구는 농담 삼아 매일 하루에 한 명이라고 할 정도였으니. 사람이 높은 탱크에서 떨어지면 현장 입구 쪽에 갔다가 뉘어 놓는데, 아, 시발할 것 버려지는 거지. 가마니로 덮어 놓으면 구급차가 와서 실어 가곤 했지. 그게 남의 일 같지 않더니, 어느 순간 내가 그렇게 되었지. 헛발을 디뎌 20미터 아래로 떨어졌지. 난간대에 빵빵빵 부딪치며 한참 떨어졌지."

모로 누워 있던 정태호 눈이 가늘게 떨렸다.

"다들 내가 죽을 것이라고 생각을 했나 봐! 아마 가능성이라도 있으면 트럭에다 싣고 병원에 갔을 텐데, 그렇지 못했지. 정신을 차려 보니 입구 쪽 가마니 위에 누워 있는 것을 알게 되었지. 허리쯤 부러졌나 싶기도 했고, 이렇게 죽는구나 싶은데, 말은 나오지 않는데 눈물은 나오더구먼. 하염없이 흐르더구먼. 지금처럼 뜨거운 여름이었지. 가마니 틈으로 환한 세상은 태평스러웠고, 풀냄새가 나더군. 풀벌레가 울고 파리가 날고, 갈수록 해는 뜨거워지고 부러진 곳이 아파 견딜 수가 없더군. 파리, 파리가 끓어 앵앵거렸어. 나는 죽어가고 있는데, 멀리 작업하는 소리가 들리고, 새소리, 비행기 날아가는 소리, 누군가 왔다가 한탄을 하며 두려워하는 소리가 가까워지더니 멀어지더군. 가마니와 가마니 사이 세상에 갇혀 기도했지. 주님께 살려 주십사하고. 기도를 하려고 한 것이 아니라 저절로 나왔어. 얼마나 그렇게 기도를 하고 있었는데, 구급차가 오더니 나를 보고 살아 있다고 자기들끼리 중얼거리더군. 아, 그때의 환희란! 나는 병원으로 가서 살아 숨을 쉴 수가 있었지."

"기적이군요."

"그럴 수도 있지. 하지만 모르겠어. 난 특별한 경우도 아니고 우연도 아닌, 내 부주의일 수도 있고, 필연적인 사고일 수도 있지만, 병원에 가서 치료를 받았지. 혹시 죽었을 수도 있는데, 살아난 건가? 여러 의심이 들더군. 나를 제외한 다른 사람들은 기도하지 않아서 죽었나? 그렇다면 내가 살아난 것은 괴기한 기적이 아닐까? 어떻게 사람의 생명이 이렇게 다루어질 수가 있나? 난 병원에 가서 일 년 반을 있으면서 많은 환자를 봤어. 참으로 많은 사람을. 대부분 산재로 온 사람들인데, 팔이 잘린 사람, 다리가 부러진 사람, 협착 사고, 관통 사고 모두 하루 밥벌이를 하려다 몸을 버린 사람들이었지. 그나마 이들은 살아난 사람 축에

끼인 거야. 운이 좋은 거지. 한 일 년 반을 치료하니 병원에서 나가라고 하더군. 그래서 다시 현장으로 갔지. 얼마나 일을 했나? 하루는 아마도 그날 사고가 났을 거야? 용접공 한 명이 용접기를 던지며 불만을 터트리며 오늘도 사고로 한 사람이 다쳤다고 일을 못 해 먹겠다고 흐느끼더군. 그 사내 앞자리에 있는 동료가 "참아야지 별수가 있나, 힘없는 노동자가 말이야!" 하고는 달래는데, 내가 참을 수가 없었어. 이상한 일이야, 늘 있었던 일인데, 그날 그 순간, 분노가 극에 달해 폭발하더군. 미쳐 날뛰는 내가 정신을 차렸을 때 사무실 안에 괴물처럼 서 있더군. 나는 피를 흘리고 쓰러진 관리자와 부서진 집기 사이를 도망치듯 빠져나와 현장을 떠나고 말았어. 다시는 현장으로 갈 수가 없었지. 다시는 용접을 할 수가 없었고, 현장 이곳저곳 잡일을 하며 떠돌아다녔어. 몸은 갈수록 피폐해지고 가마니 사이에 누워 있는 망상이 가끔 나타나 나를 괴롭혔어. 내가 거기서 죽었어야 했나? 내 기도가 부족한지 이 죄인에게 답을 주지 않고 계시네."

김 중사가 말을 하는 동안, 정태호도 일어나 앉으며 자신의 바짓단을 움켜쥐고 찢어질 정도로 잡아당겼다.

"그런 일을 겪고 살아야 하는 게 이해가 가지 않아요. 견디고 살아야 한다는 게."

"어쩌면 복에 겨워서 그런지도 모르지. 누구나 그런 건 아닌데. 전쟁보다는 나은데. 역시 병일지도 몰라. 이 가슴속이 미어지는 고통의 근원은 뭘까? 이 또한 주님이 던져 주신 문제이니 명료한 답이 있기는 하겠지. 아니면 내가 그때 알 수 없는 병을 얻은 것일 수도 있고, 클록! 아니지, 웃자고, 심각했나? 쉬는데, 사실 난 이렇게 심각한 사람이 아닌데, 어느 순간 그렇게 되어 버렸네. 하하."

김 중사는 어이없다는 듯 억지로 웃었다.

"너무 지나치게 집착을 하시는 건 아닌가요?"

정태호는 그 말을 하면서 귓불이 붉어졌다.

"그게 의지대로 된다면 집착이 아니지, 어쩌면 내 생겨 먹은 꼴이 원래 그런지도 모르지. 안 그런가? 원래 나는 이런 놈이었던 게지."

김 중사는 느릿하게 필터 없는 담배를 꺼내 물고 성냥으로 불을 붙여 한 모금 빨아 연기를 뿜으며 눈을 감았다.

정태호는 일어나 앉았다. 숲에서 일어나는 파란 안개를 쳐다보며 눈을 어지럽히는 햇살과 실바람을 느꼈다. 바람이 살갗에 피는 더운 체온을 씻는다.

"자, 주님의 집을 다시 지읍시다."

목사가 마당으로 나와 목수 최 씨와 이야기를 하다가 은총이라도 받은 듯, 노래하듯 손뼉 치며 일꾼들을 독려하자 각자 편한 대로 쉬다가 휜 대나무가 튕기듯 일어나 흙을 털며 자리에서 일어났다.

128

"목사의 집이 아니고?"

김 중사가 낄낄거리며 가래를 뱉고 자리에서 일어나 구멍 난 장갑을 꼈다.

다들 그늘을 벗어나 뜨거운 태양 아래로 걸어 나와 자기 연장이 있는 곳으로 느릿하게 걸어가 허리를 굽혀 연장을 잡았다. 태양이 있는 동안 일을 해야 하는 팔자처럼, 자연의 일부 같은 그림이다.

둘이 손을 맞추어 열댓 번은 더 흙을 퍼 날랐을 때쯤 하루해가 떨어지고, 어둠이 바람 따라오듯 삽시간에 주변을 덮으며 몰려왔다. 어두워지기 전에 퇴근하는 사람들은 내려가고, 기도원에서 기거하는 넷은 저녁을 먹기 전에 몸을 씻었다.

순임이는 낮 내내 뛰어다니며 놀더니 저녁도 먹지 않고 평상에 곯아떨어졌다. 산기슭은 금방 어두워지고 새소리가 잦아지더니 풀벌레 소리가 자기 세상이라도 만난 듯 높아지기 시작했다. 정태호는 씻고 와서 마당에 모깃불을 피웠다. 셋이 평상 위에 신문지를 깔고 뜨거운 밥과 낮에 먹다 남긴 백숙과 깍두기, 배추김치와 멸치, 몇 가지 조림을 놓고 기도를 한 다음 수저를 들었다.

밤하늘에 푸르스름한 빛이 사라질 즈음 정태호는 설거지를 마치고 김 중사는 방을 쓸고 닦은 후 입으로 부는 모기약을 푹 뿌리자 작은 물방울 입자가 뿌옇게 날렸다. 방문을 닫았다. 목사는 젖은 걸레로 순임이 발을 세심하게 닦아 준 다음 안아서 작은 방에 누이고 모기약을 뿌려 주었다. 정태호는 목사가 순임이를 재우는 모습을 지켜보다가 걸레를 마저 빨아 널었다.

"오늘은 최 목수가 모자란 것 없다는 말을 안 했으니, 남대문 시장에 가지 않아도 되겠어. 꼭 한 번에 시키라고 해도, 일꾼들 이라는 게 거기까지 신경을 쓰지 않으니 말이야."

목사는 모기약이 묻은 손을 씻고 저녁 일이 없다는 것을 알려 주었다. 목사는 평상 옆 나무에 걸려 있던 석유등을 기도원 안, 숙소와 예배당으로 갈라지는 문 입구에 걸어 두고, 다른 하나를 들고 예배당 안으로 들어갔다.

잠시 후, 정태호도 몸에 물을 끼얹어 목욕하고 기도원 안 예 배당으로 들어갔다. 앞쪽 연단 옆에 등을 걸어 놓고 목사는 혼자 목청을 돋우어 찬송가를 부르고 있었다. 손짓하는 목사의 그림 자가 길게 늘어져 바람 앞의 빨래처럼 흔들거렸다. 정태호는 예 수상이 있는 연단 앞쪽으로 가서 무릎을 꿇고 기도를 올렸다. 목 사의 그림자가 정태호를 덮었다.

3

공장에는 원단 냄새만 있는 것은 아니었다. 원단 냄새 못지않 은 먼지가 날렸고 아이들의 폐를 좀먹었다.

하루는 시다 아이가 공장으로 들어와 같은 층 옆 공장에 누가 쓰러졌다고 소곤거렸다. 재단사가 친구라 자주 놀러 가곤 했던 곳이다. 바쁜 일손을 놔두고 나오려니 일감을 달라고 미싱사가 재촉했다. 잠깐 다녀온다고 말하고 같은 복도에 붙은 옆 공장에 가보니 남자 미싱사가 담배를 피우며 여공이 모여 웅성거리는 것을 쳐다보고 있었다.

"빨리 사장님을 불러와라!"

공장장 목소리다. 그는 당황스러운 얼굴로 어쩔 줄 모르고 여자아이 한 명을 가게로 보냈다. 여자아이는 후다닥 내 옆구리를 밀치고 뛰어나갔다. 검은 토시를 끼고 담배를 물고 있는 비쩍 마른 남자 미싱사를 지나 다가가니, 재단사 친구가 입을 꾹 다물고 고개를 끄떡여 인사를 한다. 다섯 명쯤 되는 아이들 쪽으로 가니 가운데 의자에 한 아이가 몸을 엎드리고 있었다.

가끔 봐 온 아이 둘이 비켜 주었다.

"왜 그래?"

"입에서 피가 나요."

한 아이가 울상을 지으며 말을 했다. 내가 한 발 다가가 엎드린 아이 어깨를 잡았다.

"놔둬라, 좋은 일 아니다. 아이 쌍! 오늘 옷 몇 장 날려 먹었네."

뒤에서 담배를 문 아저씨가 투덜거렸다. 그 말에 뭔가 꺼림칙

했지만, 손을 멈출 수 없었다.

"야, 다들 물러서."

공장장이 소리치고 미싱대에 걸터앉으며 얼굴을 구기며 담배를 꺼냈다. 재단사 친구는 공장 문을 닫고 웅성거리는 사람들을 막았다. 뼈만 앙상한 아이의 어깨는 굳어 있었고 움직이지 않았다.

주변에 피 묻은 천이 흩어져 있었다. 아이는 배를 움켜쥐고 팔로 입을 막고 미싱대에 엎드려 얼굴을 들 마음이 없어 보였다. 내가 아이 이름을 부르며 어깨를 살짝 당기자 아이가 움직였다. 아이가 땀에 젖은 머리카락이 붙은 얼굴로 돌아보자 다른 아이들도 한 발 가까이 와서 괜찮은가 물었다. 일할 때나 끝나면 재빠르게 동대문 쪽 건널목을 건너며 재잘대던 입을 꾹 다물었고 밝은 눈동자가 체념한 듯 먼 곳을 향하고 있었다.

"어디 아픈 거야?"

그리 물으니, 담배 피우는 아저씨가 폐병이라고 한마디 던진다.

그 말이 떨어지기 무섭게 아이가 울컥거렸다. 아이 입에서 나온 피가 내 목덜미와 가슴으로 튀었다. 나는 놀라 짧은 비명을 지르며 아이 어깨에서 손을 떼고 한 발 물러섰다. 얼떨결에 가슴에 묻은 피를 맨손으로 털어 냈다. 피가 손가락에 묻자 나도 모르게 손을 셔츠 배 쪽에 문질렀다.

당황하는 내 모습을 다른 아이들이 멀거니 쳐다보았다. 놀란 것은 아이도 마찬가지였다. 자기 입을 막고 일어나 실밥 덩어리를 얼른 집어 나에게 내밀며 내 가슴에 묻은 피를 닦아 내려했다. 나는 한 발 더 뒤로 물러서려다 멈칫했다.

"놔두라니까! 일 키우지 말고."

형광등 아래, 아저씨가 무심한 듯 담배를 뿜어내자 연기가 내 머리 위 높다란 천장 위 형광등 불빛 아래 흩어져 올랐다. 공장장도 함께 뿜어 댄 연기로 담배 냄새가 났다. 재단사 친구는 뭔가를 생각하려는 듯 재단 판을 짚고 움직이지 않았다. 아이 손이 내 가슴에 닿을락 말락 할 때, 나는 물러서면 안 된다는 것을 알았다. 하지만 아이의 실뭉치가 가슴에 닿을 때 움찔거리자 아이는 당황한 얼굴로 손을 거두고 다시 피를 토했다. 다른 아이들이 아이를 부축해 앉히고 자투리 천으로 입을 막았다.

그제야 나도 아이 이름을 부르며 다가갔지만, 뭔가 사늘한 기운이 스스로 느껴졌다. 아이를 업고 병원으로 가야 한단 생각에 다른 아이들을 재촉해 등을 내밀어 아이를 업었을 때, 사장이 들어와 아이를 내려놓으라고 했다. 사장이 깨끗한 천으로 아이의 입을 막은 다음 아이를 데리고 공장장과 병원으로 갔다.

"빨리 너도 수돗가에 가서 닦아라. 너희들도 빨리."

담배를 피우는 미싱사 아저씨가 소리 지르며 발로 피 묻은 자리로 실뭉치를 모았다. 그 사이에 환풍기 하나 없는 공장 안에는 먼지가 뿌옇게 일어났다. 이 망할 먼지 구덩이에서 뭘들 견딜 수가 있겠는가?

화장실로 가는 길이 더디게 느껴졌다. 아이에게 다가설 때 주
춤하고 머뭇거렸던 상황이 자꾸 떠올랐다. 폐병이 그리 무서웠
나? 아이가 마음속에서 난처하게 나를 쳐다보았다. 수도꼭지를
틀어 타일 조각 깨진 긴 세면대에 목과 가슴을 씻고 옷을 빨았다.
옷을 박박 문지르다 화가 나서 옷을 치켜들어 세면대에 서너 번
후려갈기며 소리를 질렀다. 소리를 지르고 나니 무기력감이 몰려
왔다. 고개를 흔들었다. 고작 옷을 패대기치는 것이 다란 말인가?

그때 시다 한 명이 어떻게 알았는지 화장실 밖에서 소리쳤다.

"태호 오빠, 미싱사 언니들이 일감 떨어졌다고 빨리 옷 구미
나누어 달래요!"

그래, 일은 해야 한다. 수돗물로 얼굴을 끼얹고 젖은 셔츠를
걸쳐 입었다.

공장 문이 열린 복도와 지나치는 아이들이 낯설게 느껴졌다.
부르러 온 시다 아이도 입을 굳게 다물고 있었다. 숨을 깊게 내
쉬고 공장에 들어가려다 반쯤 열린 아까 그 공장을 보았다. 공장
안은 별일 없다는 듯 미싱 돌아가는 소리가 밖에까지 울렸다.

재단사 친구도 힐끗 쳐다보고는 자기 일을 했다. 나도 공장에
들어와 아무 일 없다는 듯 일거리가 떨어진 미싱사에게 한 보따
리 던져 주었다. 시다들도 수다를 떨지 않고 자기 일만 했다. 구

석에 앉은 창신동 아저씨 라디오 속에서 야구 방송과 권투 경기 일정을 떠들어 댔다. 원단을 쌓아 원단 무늬에 맞추어 패턴을 깔고 초크로 그려 잠자리표 가위로 쉬지 않고 원단을 잘랐다. 자른 원단 조각을 모아 보따리를 만들어 다른 미싱사에게 던져 주었다. 틈이 나면 스팀다리미로 옷을 다리고 단춧구멍을 뚫으러 다녀와 가게에 내보내기를 서너 번 하는 동안 하루가 갔다.

온몸이 뻐근해질 무렵 하나둘 집으로 가고 나른한 몸을 끌고 공장을 나섰다. 퇴근하는 아이들 떠드는 소리가 복도를 타고 울리고 나도 그 틈바구니에 무거운 걸음을 옮겼다. 복도 중간쯤에서 아는 재단사 친구들을 만났다.

이들 중 한 명이 어느 공장 미싱사에게 마음을 뺏겨 그녀 집에 찾아갔다가 망신을 당한 이야기를 주고받으며 웃어 댔다. 나도 그 틈에서 웃으며 고개를 끄떡였다. 다른 모임으로 만나는 친구가 다가오자 약간 뒤쪽으로 물러서 둘만의 이야기를 했다.

"늬들 또 작당하는 거야?"

누군가 그렇게 말을 했을 때 입을 다물었다. 복도 끝에서 미싱사 누나가 아이 몇과 걸어오고 있었다. 똑바로 편 허리와 흔들리는 턱선, 얼굴이 굳어 보였다. 손을 들어 말을 붙이려는데 누나가 입꼬리를 살짝 올려 보일 듯 말 듯 눈인사를 했다.

재단사 친구들은 누나가 안 보이는지 하던 말을 계속했다. 누가 이쁘고 누가 채였고 누가 연애를 하는지, 누가 군대 갔고 어떤 여자가 아기를 가졌다는 둥. 가까운 친구는 귓속말로 업주들 소문을 이야기해 주었다. 사장들 반응이나 움직임이 심상치 않다거나, 다른 친구들 몇이 함께 모임을 하겠다고 말을 했다는 둥.

미싱사 누나가 걸을 때마다 머리에 쓴 수건이 펄럭였다. 아까 그 움찔했던 멍청한 생각이 온통 머릿속에 가득했다. 누나가 다가와 옆을 스쳐 지나갈 때, 피 흘린 아이 이야기를 하려는데 손이 닿기 전에 누나가 지나쳤다. 누나가 뒷모습을 보이고 아이들도 계단을 내려가고 나도 다른 친구들을 놔두고 자리를 떴다.

버스 정류장까지 갔으나 버스를 타지 못했다. 여러 생각이 머리에 가득 차 빙빙 돌고 숨이 가빴다. 숨을 몇 번이고 몰아쉬었다. 체한 듯 가슴이 답답하고 편하게 숨을 쉴 수가 없었다. 차츰 통금이 다가오고 있었다.

뭔가 응어리진 가슴으로 자리에서 일어나 집이 있는 방향으로 걷기 시작했다.

어둠이 내린 거리는 무더운 공기가 차를 따라 몰려다녔다. 간간이 달리는 버스를 옆으로 걷고 또 걸었다. 걷다가 심하게 체한 것 같아 나뭇가지를 꺾어 엄지를 찔러 피를 내봤지만 뭉친 가슴은 트이지 않았다. 어머니가 있는 집으로 빨리 가서 바늘로 열 손가락을 따는 수밖에 없었다. 얼마나 걸었을까 거리가 한산해진 것을 알았다. 통금이 되었나 싶었는데, 멀리 버스가 한 대 다가와 서서히 섰다. 차장이 문을 열고 곧 통금이니 빨리 타라고 했다. 익히 내가 누군지 어디로 가는지 아는 사람 같았다. 무심결에 버스비를 내고 차에 올라탔다. 버스 뒷좌석으로 가는데, 한 여공이 자신을 쳐다보고 있었다.

눈동자를 어디서 본 듯하다. 자리에 앉아 저 아이를 어디서 봤을까? 생각했는데, 아무래도 아까 공장에서 피를 토했던 그 아이가 아닌가 싶었다.

"미안해!"

뇌까리며 몸을 돌려 쳐다봤는데, 다른 아이였다. 그 여자아이는 도시락 싼 보따리를 무릎에 놓고 지친 듯 창문에 머리를 기대어 잠이 들어 있었다.

차장도 옆자리에 앉아 손잡이에 이마를 대고 눈을 감고 있었다. 차장을 얼떨결에 한참 쳐다보았는데, 차장이 슬며시 눈을 떴다. 그러더니 눈웃음을 지었다. "괜찮아, 잘한 거야. 마음이 고마운 거지." 하는 눈짓으로 말을 하는 것 같았다.

무슨 말인가 하려다 그만두고 덜컹거리며 흔들리는 밤거리를 바라보았다. 그제야 숨통이 트이고 피가 도는 듯했다. 가슴이 떨리고 오한이 밀려왔다. 몇 번의 숨을 깊게 몰아쉬었다. 얼굴에서 뜨거운 열이 났다.

버스는 홀로 불을 밝히며 논둑길을 달렸다.

4

목사는 찬송하면 할수록 신심이 돋는지 갈수록 목청이 커지고, 마치 눈앞에 수백 수천의 신자가 있는 양, 손을 저으며 찬송가를 신명나게 불렀다. 정태호가 기도를 마치고 성경을 펼쳤을 때, 목사의 찬송은 절정에 달하고, 온몸에 땀이 비 오듯 쏟아지고 있었다. 곧 찬송을 마치고, 기도에 들어갔을 때, 정태호는 눈을 감았다.

석유 심지 불꽃이 호젓한 석유등 옆 목사는 흑백 뚜렷한 그림으로 가슴 가득 영적 충만한 얼굴로 절정에 오른 감정을 참지 못하겠다는 듯 기도를 뿜어 댔다. 목사의 목소리는 단련된 명창처럼 맑고 시원하게 예배당에 울려 퍼지고 창밖으로 쏟아져 들어오는 풀벌레 소리를 잠재웠다.

정태호는 어깨에 힘을 빼고, 두 손을 모아 목사의 기도를 경청했으나 어느 부분에서 더욱 그의 고뇌가 깊어지고 어느 부분에서는 얼굴에 순간이나마 근심이 사라지기를 반복했다. 목사가 기도를 마치고 한동안 자세를 흐트러뜨리지 않고 눈을 감은 채 명상 기도 자세를 유지했다. 왜 자신은 시장판을 떠날 수가 없을까? 왜 아이들의 웃음이 기쁘게 다가오다가 어느 순간 가슴이 죄어지듯 이토록 큰 통증으로 오는 것일까? 연단 위 예수상을 그림자 진하게 비춘 석유등이 흔들리고, 양쪽 창가로 시원한 바람 따라 들어온 벌레 울음소리가 출렁거렸다. 예배당 열린 문으로 김 중사가 들어왔다.

"순임이가 열이 많이 나는데."

목사와 눈을 마주친 김 중사가 말을 했다.

순임이 방에 가 보니 얼굴이 붉게 변해 열이 많이 나고 있었다. 목사는 찬물에 수건을 적셔 순임이 겨드랑과 목, 종아리를 닦아 주었다. 목사는 정태호에게 하던 일을 넘기고 순임을 위해 기도를 올렸다.

조금씩 순임이 열이 내리자 정태호는 복도에 있는 등을 하나 들고 창고로 갔다. 어두침침한 창고 안에는 연장들과 자재들이 있었다. 안쪽 입구에 등을 걸고, 한쪽 벽 임시로 만들어 놓은 책상에 모기향을 피우고 의자에 앉아 『근로기준법』을 펼쳤다.

『근로기준법』은 읽으면 읽을수록 머릿속을 맑게 해 주고, 많은 말들을 만들어 내고, 무엇을 해야 하는지 일깨워 주었다. 사회의 많은 사람이 만원 버스를 타고 출근을 하고, 일하고 쉬고 퇴근을 하는 중에 발생한 모든 노동에 관한 사항을 이런 순간에는 이렇게 해야 한다고 세밀하게 규정을 해 놓은 내용이었다. 자신의 세계에서 어느 부분은 맞고 어느 부분은 틀리게 운영되는지 명확하게 표기가 되어 있고, 어긋나는 부분을 고칠 방법이 제시되어 있었다.

정태호는 일을 다니면서 틈만 나면 책을 읽고 또 읽었다. 그는 노동의 세계가 어떤 기초 하에 이루어졌는지 비로소 눈을 뜨면서 지식의 힘에 경탄했다. 그는 '근로기준법' 안에서 노동의 피와 땀이 어떻게 생성되고 어떻게 운영되는지, 그리고 왜 시장의 동료가 파멸되어 가는지, 왜 그게 부당한지, 무엇이 어떻게 바뀌어야 하는지 정확하게 알기 시작했다.

책을 읽는 도중 문득 기도 소리가 나자 순임이 생각이 났다. 책을 덮고 밖으로 냐오니 순임이 방이 열려 있었다. 안에는 목사가 기도하고 있고 김 중사가 순임이 이마를 물로 씻어 주고 있었다.

"열이 계속 나."

김 중사가 언짢은 듯 목사를 곁눈으로 흘기며 수건을 짜내고 다시 대에 행구어 수건을 접어 순임이 머리에 댔다. 잠시 후, 순임이 열이 조금 내려가자 세 사람은 밖으로 나왔다.

정태호가 대야의 물을 마당에 뿌리고 우물을 새로 떠 머리를 감았다. 수건으로 머리를 털고 오자 "근로기준법을 읽었나?" 목사가 평상에 앉아 물었다.

"네."

"책을 보니까 너덜너덜할 정도던데 수십 번을 읽은 것 같은데?"

김 중사가 모깃불에 생나무 가지를 올려 불씨를 살리려 땀을 흘리며 훅훅 불며 물었다. 죽었던 불씨가 톡톡 소리를 내며 불꽃이 살아났다.

"그 시간에 성경도 읽으면 더 좋을 텐데."

정태호는 목사의 아쉬워하는 말에 수건으로 젖은 머리를 털며 웃었다. 목사는 함께 생활한 후로 성경보다 근로기준법에 몰두해 있는 자신을 보고 불만을 삭이지 못하고 있었다. 꼭 성경이라기보다 다른 책도 권하곤 했다.

"기도가 사용자의 불법이나 부당한 행위까지 해결해 주지는 않으니까요."

가끔 목사의 말에 전적으로 동의하기 어려울 때가 있다. 그럴 때면 까칠해지게 된다.

"기도만을 하라는 것이 아니라, 믿음 안에서 찾을 수 있다는 말이네."

"감기에는 감기약을 먹어야죠."

김 중사가 낄낄 웃으며 말을 했다.

목사는 자못 심각한 표정을 지었다.

"교회 안에 있으면서 부정적인 태도는 도움이 안 되는데. 나이와 상관없이. 노동법이 성경 안에 담겨 있을 리 없지만, 대하는 방식을 달리해 줄 수는 있지 않나?"

"내 안의 믿음으로 노동자들에게 혹은 사장들에게 믿음을 이야기해서 현실을 극복해 갈 수 있다는 믿음이 생기지 않아요."

"일 자체가 즐거움인데, 요구는 끝이 없고. 지금은 어려운 시기네. 일하는 것만으로 축복이지 않나? 우리의 기도가 굶주림으로부터 구해 달라는 것, 이 처절한 가난과 질병으로 보호받고자 하는 것에 머물러 있듯이, 여기 우리 일꾼들도 밥벌이지만 그 이상을 꿈꾸기보다 일하는 현실에 감사하지 않나?"

"이 틈에 누군가가 노동자가 가져가야 할 몫을 더 가져간다고 생각하지 않으세요?"

김 중사가 발을 건들거리며 말을 했다.

"그런 사람도 있겠지만, 그들과의 비교가 아니라 그저 하루 일을 할 수 있는 것 자체에 만족하면 안 되나요? 그보다 못한 세월이고, 그것도 못 하는 사람이 줄을 서 있는데."

"죄인들의 탐욕을 정당화시키는군요. 목사님! 클록!"

김 중사가 기침하며 양보할 생각이 없음을 보였다.

"탐욕은 어디에나 있어요. 노동자일지라도, 모든 사용자는 다 탐욕스럽지 않은 것과 같은 거죠."

"일하다 죽어가는 사람들 앞에서 그 말을 할 수 있을지 모르겠군요?"

"사람은 누구나 죽고, 주님이 결정하십니다."

"일하다 떨어져서, 깔려서, 병들어서 죽는 사람들은 노동자에 국한되어 있더군요."

"그래서 기도가 필요한 것 아니겠습니까?"

"치열한 싸움도 필요하고요."

"마치 공산주의자들이 만든 굳건한 벽과 이야기를 하는 것 같군요?"

목사의 말에 두 사람은 입을 다물었다.

"이 사회가 완벽하다고 말하면 거짓일 겁니다. 그것이 성경이 필요한 이유가 될 테고 말입니다. 하지만 모든 것이 악으로 점철되어 있지는 않을 텐데, 곳곳에 악이 충만하다고 말을 하면 바로 그것이 공산주의자들 아닙니까? 형제의 말씀이 파괴적이라는 느낌이 들기 때문에 그렇게 말하는 겁니다. 폭력은 요리하는데 부엌칼 대신 대검을 쓰듯 위험한 것입니다."

"아, 아닙니다. 아니요. 목사님은 계속 말을 하게 만드십니다. 경청이 미덕이라지만 반발하게 하십니다. 목사님이나 제가 성경 안에서 교회의 모든 것이 운영되기를 바라듯이, 클록, 저도 법 테두리 안에서 살아가기를 뜨겁게 염원합니다."

김 중사가 억지로 기침을 참으며 말했다.

"그렇다고 폭력적으로 하는 파업이나 집회가 아니라 오직 믿음으로써 영적 감화를 통해 이루어져야 하지 않을까. 설마 형제는 믿음의 힘을, 기적을 부정하시지는 않겠지요?"

"제가 보기에는 말입니다. 아, 기침이, 클록, 말이 나온 김에 한마디 하겠습니다."

김 중사가 팔짱을 끼고 말을 듣다가 가래를 뱉고 평상에 걸터앉으며 말을 하기 시작했다.

"탐욕에 눈이 먼 자들은 성경을 쥐어 주면 이윤이 되나 안 되나를 따질 것 같습니다. 그들은 돈이 되는 것은 뭐든 하는 자들이니까요. 사람이 죽어 나가는데, 감수해야 할 과정이라고 본다면, 죽어야 할 사람 처지에서 어떻게 그걸 받아들여야 합니까?"

"국가적 사업에 희생이 따라야 하겠지요."

"오, 이런, 목사님, 목사님! 노동자는 국가에 속하기나 한답니까? 주민 등록증은 노동 허가증이고 가난한 놈들에게는 복무 기간 없는 영장입니다. 노동을 하는 게 죄가 커서 그렇습니까? 왜 노동자가 일방적 희생의 편에 서야 하는지 의문이 듭니다."

"안타까운 일이지만, 불가피한 희생이 있는 거겠죠. 극단적인 처지보다 왜 지도자들이 그렇게 무리하게라도 사업을 일으키려는지는 고민을 하지 않는 게 이상합니다. 전쟁의 혹독한 지옥이나, 전쟁 후, 진창 같은 거친 삶을 겪어보지 않으신 것처럼 말을 하니 이해가 가지 않습니다."

"크큭, 쿨럭. 목사님이 나약한 자의 고통을 조금 더 안아 주실 수 없는지요?"

김 중사가 입술에 소매를 대다가 손을 모아 간곡한 표정을 지으며 나직하게 말을 했다.

그의 말에 목사의 얼굴이 붉어지며 화난 얼굴로 변했다.

"그러기에 이렇게 대화를 하고 있지 않습니까? 형제들이 말하는 불한당 같은 사장이나 정치 지도자들이 자기들만의 이익을 위하여 이 모든 산업을 일으킨다고 보지 않습니다. 아무렴요. 그 모든 밑바탕에는 가난과 질병, 문맹, 불안정한 사회적 요소 속에 고통받는 국민이 있기에 불철주야 노력한다고 왜 생각을 안 하시는지 모르겠습니다. 그렇게 보셔야 하는 게 아닙니까? 저는 주님의 이름으로 그렇게 믿습니다."

"당위성 안에 일방적 희생과 착취가 있습니다."

김 중사가 목사의 말을 끊고 들어가 두 사람 말이 엉키었다.

"불신이 가득합니다. 의심과 분노가 넘치고 있습니다."

"목사님 발아래서 모가지가 부러지는 노동자를 보셔야 합니다. 제발! 당사자가 되시면 생각이 다를 겁니다. 성직자일수록 말입니다."

순식간에 대화가 다툼으로 변해갔다.

"많은 믿음과 교회가 있어야 합니다. 긍정적이지 않고 부정적인 마음이 가득한데 어찌 대화가 필요하겠습니까?"

목사도 중사에 지지 않고 목소리를 높였다.

"교회는 누구 편이어야 합니까? 가난한 자입니까? 가진 자 편입니까? 아니면 방관자입니까?"

둘이 서로의 말을 듣지 않고 너나없이 더욱 빨리 동시에 말을 해 댔다.

"형제, 오 형제님. 은혜가 다 베풀어지지 않는다고, 폭력을 행사하는 것은 기독교도가 아닙니다. 그건 강도입니다. 도적입니다."

"노동자가 도적이면, 그들은 강도요 살인자들입니다. 주님이 가난한 자의 편에 서서 다 지켜보고 계십니다."

"주님은 폭력적이지 않을 뿐더러, 폭력을 쓰는 자들과 서 계시지 않습니다."

"법을 지키지 않은 자들의 편에 주님이 서 계신다면 주님도 마찬가지가 됩니다."

"당치않은 말을, 형제가 쫓기는 것을 알면서도 함께하고 있지 않습니까?"

"아, 그것은. 그것은!"

목사의 그 말 한마디에 핏대를 올려 목사에게 지지 않으려고 더 바짝 앉아 손을 휘저으며 말을 했던 김 중사가 말을 멈추었다.

"형제는 주님이 들어갈 틈이 없습니다. 당신이 믿는 바를 주님이 원하지 않기 때문에 고뇌와 행동의 제약을 주시는 겁니다. 자만을 버리십시오. 주님의 사랑을 받아 인정하십시오."

목사는 중사가 주체할 시간을 주지 않고 한 번 더 밀어붙였다.

"믿음의 힘으로 자신을 찾아야 혼란과 도피로부터 구원받을 수가 있습니다."

중사는 허망한 웃음을 지으며 고개를 저었다.

"기도합시다."

"목사님, 기도를 너무 자주 하시는군요."

중사는 주먹을 꼭 쥐고 자신의 머리를 때리며 농담하듯 말을 했다.

"필요하다면 횟수가 중요하지 않습니다."

"아니요. 지금은 기도할 때가 아닙니다. 생각할 때입니다. 아니 행동을, 그러니까, 복잡하군요. 머리가 깨질 것 같습니다. 가만 잠깐만요. 생각을."

김 중사의 눈이 밝게 빛나더니 목사를 쳐다보며 손을 흔들었다.

"우린 모두 죄인이오. 주님의 믿음에 기대야 합니다."

"잠깐만 숨을 쉴 틈을 주십시오. 주님이 그 바쁜 와중에 조금이라도 틈이 있다면 말이죠."

김 중사는 목사의 말을 막고 노려보다가 자리에서 일어났다. 그는 술에 취한 듯 비틀거렸다.

정태호가 깜짝 놀라 일어나 김 중사를 부축했다. 몸에서 힘이 빠진 듯 정태호 손에 의지해 간신히 섰다. 온몸이 땀에 젖어 있었다. 정태호는 김 중사를 부축하여 자리에 앉게 했다. 잠깐 사이 그의 호흡이 차분해지고 정상을 되찾았다. 쳐다보던 목사가 깍지를 끼고 기도를 하려고 중얼거릴 때, 김 중사는 붉게 상기된 얼굴로 자리에서 일어나 숙소로 들어가 버렸다.

기도 소리가 힘을 잃고 그저 나지막한 중얼거림으로 변했다. 끼어들 틈 없이 일어난 발작적 사건에 정태호는 당황했다. 지켜보던 청년 정태호의 가슴은 불같이 일어나 무언가를 충동질했지만, 언쟁이 너무 격하게 일어나는 바람에 뭐라고 말을 할 수가 없었다. 그러다 목사가 얼떨결에 말한 경찰에 쫓긴다는 말에 심장의 박동이 전혀 다르게 뛰었다. 그의 머릿속이 복잡하게 혼란스러워지기 시작했을 때, 김 중사의 비틀거림은 또 무엇이란 말인가?

그때 갑자기 순임의 비명이 들렸다. 기도하던 목사와 정태호가 평상에서 내려와 기도원 안으로 들어가니 복도에 나온 순임이 괴성을 지르며 벽에 몸을 부딪치며 펄쩍펄쩍 뛰어다녔다.

김 중사가 방에서 맨발로 뛰어나와 순임이를 껴안고 진정을 시키려 했다.

"꽉 잡으세요. 오, 주여, 이게 지금 무슨 일이랍니까?"

목사가 사색이 되어 혼잣말하며 아이를 진정시키자고 했다. 세 사람이 순임이를 못 움직이게 잡으니 순임이 온몸을 벌벌 떨며 뛰기를 멈추었다. 몸에 열이 펄펄 나서 온몸이 뜨거웠다. 잠시 후, 순임이 진정하고 떨기를 멈추었다. 순임을 자기 방에 뉘자 정신을 잃은 것 같이 깊은 잠에 빠져들었다.

"순임이가 사실은 뇌염을 깊게 앓은 적이 있습니다. 그 후에 조금 이상해졌다고 하더군요. 부모가 공기 좋은 데 있으라고 여기에 맡겨 놓았는데, 가끔 귀신에 들린 듯 이런 적이 있다고 하더군요. 처음 여기에 올라오고 한 번 이런 적이 있었고, 그 후에는 이런 일이 없었는데 오늘 발작을 하네요."

목사는 걱정스러운 표정으로 순임이 손을 만지며 말을 했다.

"병원에 가야 하지 않을까요?"

정태호가 말을 했다.

"일단 기다려 봅시다. 전에도 하룻밤 자고 나면 깨끗해졌는데, 내일도 그러면 방법을 찾아봅시다. 병원에 가든가 부모에게 데려다주든가?"

목사는 근심 어린 표정을 지었다.

김 중사도 정태호도 더 말을 하지 않았다. 병원은 그냥 가는 것이 아니라 돈이 필요했다. 목사는 늘 교회에서 올라오는 돈이 적어 공사를 어디까지 하다가 중단해야 하고 다시 시작해야 하나 골머리를 섞이고 있었다.

찬물을 떠다가 수건에 적셔 이마에 올렸지만 좀처럼 열이 내려가지 않았다. 순임은 간간이 신음을 내며 눈을 떴다가 잠이 들었다. 아니 실신을 한 것 같았다. 혼잣말로 엄마를 찾기도 했다. 목사는 몇 번이고 찬물을 갈아 손발을 적셔 주었으며, 온 힘을 다해 기도를 올렸다.

두 사람은 목사를 놔두고 바깥 평상 앞으로 나왔다. 일찍 잠들기에는 평소보다 이르고 좀 전의 대화 탓에 흥분이 가시지 않았다.

검푸른 밤하늘에 투명한 달과 반대편 하늘에 은하수가 밤하늘을 이끼 낀 계곡처럼 펼쳐 있고, 주변에 성운들이 보석처럼 빛나고 있었다. 둘이 말없이 서 있는데, 반딧불이 흐느적거리며 날아다녔다.

"사실 목사님에게 대들 일은 아니었지. 신세를 지고 있으면서 그러면 안 되는데. 세상이 이렇게 굴러가는 게 목사님 탓은 아니지 말이야."

김 중사는 평상에 앉아 모깃불을 들썩이는 정태호를 보고 말을 했다.

"무슨 일로 쫓기시는 겁니까?"

정태호가 망설이다가 말을 꺼냈다.

"아, 경찰! 나쁜 일은 아닐세. 적어도 내 처지에서."

"당연히 그러시겠죠."

"아까 점심때 그 말은 안 했었지. 식당에서 아까 말한 그 사내가 흐느낄 때 나는 이미 걷잡을 수 없는 감정에 사로잡힌 거야. 지금 생각해보면 내가 분노하리라는 걸 알고 감수해야 할 많은 일을 두려워했던 거지. 현장이 술렁거릴 때 나도 모르게 식당에서 사람을 선동하게 되더군. 줄곧 그 어떤 격분에 사로잡혀 있었는데, 뭐가 나를 이끄는 기분이었어. 내가 홀린 듯 식당 중앙으로 가 있더군. 그리고 탁자 위에 올라섰지. 하려고 한 것이 아니라 귀신 들린 듯 마구 지껄인 거지. 격분했고, 내 손가락은 사무실을 가리키고 있었어. 다들 식판을 던지고 난리가 났지. 그 길로 한 무리를 끌고 사무실로 찾아가 악쓰고 닥치는 대로 때려 부쉈지. 개중에 나보다 더한 사람이 울분을 참지 못하고 트럭을 끌고 와 사무실을 받아 버렸지. 사무실 직원도 다쳤다는데, 사고였지. 피를 보니까 겁이 나더군. 도망을 쳤어. 다섯 명이 주동자로 잡혀갈 때, 그들은 나를 지목하지 않았어. 나중에는 다 알게 됐지만. 그래도 그게 어디야. 그게 참으로 고통스럽더군. 개인 형편으로 보면 나보다 훨씬 어려운 사람들이었지. 나중에 관리자들이 최초 선동자로 나를 고발했을 때, 도망가라고 알려준 사람은 바로 함께했던 노동자들이었지. 잡힐 수도 있었지만 나는 망설이다 숙소 담을 넘어 도망을 쳐 이 현장 저 현장 떠돌아다니다 여기까지 오게 됐어. 이게 뭔가? 나는 무슨 일을 한 건가? 그들은 왜 내가 저지른 짐까지 기꺼이 질 수가 있는 거지?"

김 중사는 담담하게 말을 했고, 정태호는 그의 말에 흥분되어 눈동자가 떨리고 있었다.

"그런 일이 있었군요. 하지만 언제까지 피해 다닐 수는 없잖아요?"

정태호는 주먹을 쥐고 고통스러운 표정으로 묻지 않을 수가 없었다.

"그렇지. 어디든 가야지. 죽을 일이야 없겠지만, 다시 현장에 가야 하리라는 것은 알고 있네. 그래서 이제 돌아갈까 하네. 아까 낮에 자네가 나에게 집착을 하고 있다고 말했던가? 그때 얼굴이 붉어지더군. 맞나? 자네도 뭔가에 지독하게 집착하고 있지? 여기에 있으면 있을수록 그게 더해지겠지. 고뇌는 멀리 있는 것이 아니라 자네 삶 속에, 바로 머리와 가슴에 있으니, 떨칠 수가 없는 거야. 그래, 맞아. 돌아가야겠지. 아니면 일상생활을 하듯 익숙해지든가! 아까 목사가 잘 봤어. 주님은 결코 내 안에 들어오지 못할 거야. 이곳에 올 때까지는 그저 도망자라는 것도 잊고 남의 그림자 밑에서 일하는 평범한 사람으로 왔지. 그러다 내가 문득 두려움과 고뇌에서 벗어날 수 있게 되었어. 조금 전에 목사를 통해서. 내가 나를 보게 된 거지. 자네를 본 순간, 나에게 두려움이 어디 갔을까? 나는 어떻게 그들의 헌신적인 눈빛을 쉽게 잊을 수가 있겠는가? 일상에 어느 순간 익숙해져 있는 나를 본 거야. 시시덕거리고, 그럴듯한 말이나 떠들어 대고, 술을 마시고, 세상사에 달관한 듯, 차분하게 주어진 공기와 물을 마시는 거지. 심장이 멈추어 선 기분을 아나? 어쩌면 내가 자네를 보기 전부터 내 담담해진 영혼 뒤에 뭔가가 항상 웅크리며 떨고 있었을 거야. 그 고뇌를 자네가 끌어낸 거야. 자네를 본 순간 꾹꾹 감춰졌던 내 양심이 눈을 뜬 거지. 깨어나 나를 괴롭힌 거지."

"목사님이 끌어냈다고 하신 말씀은?"

"목사? 그렇지. 잠깐만 더 생각해 보고. 잠시만. 다른 말을 해 보세. 목사는 순수한 성직자지. 그에 비하면 나는 불신자보다 못한 배덕자야. 적어도 목사 입장에서 보면."

김 중사는 팔짱을 끼고 기도원 지붕 너머 어둠 속에 굳건하게 서 있는 먼 산을 쳐다보았다.

"원래는 교인이 아니셨나요?"

김 중사는 어느 순간부터 기침하지 않았다.

"지금은 솔직히 모르겠네."

"가끔 스스로 그런 질문을 하게 돼서요."

"그게 중요한가?"

"죽음을 극복하게 해 주는 믿음이니까요. 나를 지켜주는."

정태호는 가슴에서 짜내듯 힘겹게 말을 했다.

"삶과 죽음을 결의하는 것은 자신의 몫이 아닐까? 단지 주님 은 판결만 하시는 게지."

"올바른 결정에 용기를 주시죠."

"그렇겠지."

"가끔은 내가 하는 모든 판단이 옳은지를 모르겠어요."

"그걸 누가 알겠나? 맞는다고 생각하는 일을 해 나가는 거지. 그 과정에 일어나는 일은 어쩔 수 없는 거고. 그게 주님의 뜻이 라면 모를까."

"두려워요, 두려워요."

정태호는 두 손을 들어 보이며 말을 하고는 평상에 앉은 채 무 릎에 팔꿈치를 대고 머리를 감쌌다.

"각자의 고민이 달라서. 하여간 난 더 도망 다니지 않을 걸세. 오늘, 아까 목사님과 말을 하면서 결심을 했네. 이건 나 자신의 문제일세. 주님이 내가 나 스스로 주체가 되길 바라셨던 건 아닐까 싶네. 아, 이제 비로소 참회할 시간이네. 내가 이걸 기다렸지."

김 중사는 당당하게 섰다.

정태호는 김 중사의 타오르는 검은 눈동자 뒤로 흐르는 반딧불을 보았다. 정태호는 손을 내밀어 반딧불을 만지려다 비틀거렸다. 헛구역질을 느끼며 자기도 모르게 땅에 주저앉아 엎드려 땅을 두 손으로 짚었다. 대지의 차가운 흙이 느껴졌다. 흙냄새가 얼굴을 덮었다. 두 손이 떨리고 땀이 솟았다. 가슴이 미어지고 머리가 혼란스러웠다. 땅이 기우뚱하게 흔들리자 고개를 들어보니 사물이 흔들리고 앞에 놓인 『근로기준법』 검은 표지가 어둠 속에서 선명하게 눈에 띄었다. 손을 내밀어 책을 집어 껴안았다. 책에서 열이 났다. 쳐다보니 서서히 붉게 변하면서 뜨거운 불길이 솟았다.

"책이 타고 있어요."

정태호는 옆에 서 있는 김 중사에게 말을 하고, 뜨거웠지만 책을 놓지 않았다. 김 중사가 정태호 손에서 책을 떼어 놓으려고 했지만, 정태호는 책을 놓지 않고 가슴에 세게 껴안았다. 정태호는 김 중사의 손을 밀치고 비틀거리며 일어나려다 다시 주저앉아 땅바닥에 쓰러지듯 옆으로 넘어지고 말았다. 밤하늘이 빙빙 돌았다. 그의 옆에는 김 중사가 아니라 자신의 어머니가 흰 저고리 검은 치마를 입고 서 있었다. 손을 내밀어 뭐라고 하려는데, 책이 타올라 자신을 태우기 시작했다.

정태호는 손을 내밀어 목 안으로 감기는 목소리로 엄마를 불렀다. 엄마의 측은한 얼굴이 밤하늘을 덮었다. 엄마가 자신을 불렀다.

"아, 엄마, 엄마, 엄마!"

5

새벽 밤벌레 소리 더욱 커질 때 잠이 깼다. 방문을 열고 나가니 밖은 여전히 꿈같이 몽롱한 공기가 흐르고 공터까지 걸어가는 중 반딧불이 날아든다. 관목 숲으로 가까이 갔을 때, 반딧불이 열댓 마리가 모였다.

반딧불을 따라 두어 발 옮겼다. 반딧불이 하늘로 날아오르고 검은 나무 울창한 숲 위에 열린 하늘로 반딧불과 별들과 섞이었다. 별 사이로 반딧불이 날아다녔다. 마치 속이 환히 보이는 물풀이 발밑에 있는 투명한 물 위에 서 있는 기분이 들었다. 하늘과 수면이 구분되지 않아 몸이 가벼워져 물고기처럼 헤엄이라도 칠 기분이 들었다. 아, 모처럼 마음이 편하다. 어떤 고뇌와 아픔이 훅하고 사라진 듯하다. 풀벌레 소리도 몽롱하다. 하늘에는 온통 별이 가득하고 몸이 나아가 손을 저을 때마다 반딧불이 흩어진다.

평상으로 다가가 누워 밤하늘 펼쳐진 별들을 보았다. 흐르는 반딧불과 별을 바라보다 잠깐 잠이 들었다. 잠깐이었을 시간이 지나자 몸을 일으켜 앉았다. 뭔가를 생각했다. 어쩌면 그 뭔가가 생각나지 않아 뭔지 알기 위해 생각을 했을지도 모르겠다. 문득 어떤 이질감을 느끼고 몸이 떨렸다. 벌레 소리가 들리지 않고 어깨에 약간 뜨거움이 있었다. 잠깐 사이 나도 어쩌지 못하게 몸이 떨리더니 내 가슴 안에서 뭔가가 꿈틀거렸다. 그리고 몸이 분리되는 기분이 들었다. 내 몸 안에서 오랫동안 함께 했던 뭔가가 빠져나가려 움직이는 것 같았다.

몸속의 꿈틀거림은 뭘까? 전에 없던 일이다. 그저 오한과 더불어 일어나는 고민이 잠깐 멈춘 일시적인 현상인가? 깊은 밤 깨어 별을 보고 오후의 고민이 까마득히 잊혀 생기는 일일까? 도대체 몸을 뒤틀리게 만드는 이 고통은 어떻게 끝을 낸단 말인가? 그래 이 고민을 끝내야 한다.

불안, 초조, 두려움 그래 두려움이 있다. 두려움이다. 이 고뇌, 이 처절한 갈등 밑바닥에는 두려움이 있다. 뭔가를 저지르고 말, 아마도 운명처럼 느끼는 이내 받아들이고 말, 나를 내가 잘 알기에 그런 일이 일어날 수밖에 없는 필연적인 일에 두려워하고 피하고 싶은 거다. 그런데 그 어떤 힘이 나를 붙잡고 있다. 어떡하든 도망가고 싶은 본능, 도망가는 본능을 붙잡는 본능, 뭐가 두렵단 말인가? 내 믿음은 다 어디로 가고?

"두려움이 모든 것을 삼켜 버렸어."

혼잣말이 저절로 나왔다.

"그만두면 아무것도 아닌 것을."

그만두면 아무것도 아닌 것을 이 말이 가슴에 걸렸다. 곧 입을 다물었다.

문득 미싱사 누나와 아이들이 떠올랐다. 복도에서 시답지 않은 말을 나누고 있을 때, 흔들리는 코와 턱, 세모난 머릿수건이 흔들리고 어깨를 바로 세우고 걷던 미싱사 누나와 아이들이. 누나의 그 옅은 웃음에 가슴이 아프고 머리가 달아올랐다.

아이들을 모아 붕어빵을 사주면서 어떤 죄의식이 있나 살펴보곤 했다. 마음의 빚이 있던가? 그럴 리가? 아니면 그저 순수한 마음인가? 왜 이리 마음이 무거운지? 그것이 내가 지고 가야 할 짐인가? 불안한 마음과 답이 없는 고민은 밤새 계속된다. 셔츠 목에서 뜨거운 열기가 솟아오른다.

"누나 왜 그런지 마음이 무거워요."

언젠가 식당에서 아이들 말을 듣고 있던 누나를 보고 웃으며 나직하게 말을 했었다.

"그래?"

짧은 고개 끄떡임과 가는 눈은 나직하게 말을 했다. "네 편한 대로 해, 마음 가는 대로, 편하게, 네가 불편하면 다른 친구들도 불편하지 않겠어?" 그렇게 반문하는 것 같았다.

산으로 들어오기 전 누나를 볼 수가 없었다. 마치 흐린 날 여러 이유로 말없이 떠난 어떤 누이들처럼. 시장을 샅샅이 몇 번을 뒤졌지만 누나를 볼 수가 없었다. 시간이 날 때마다 공장 하나하나를 뒤졌다. 다른 이들에게 물어보고 싶어도 왠지 그러고 싶은 생각이 없었다. 그래도 산에 들어오기 전, 혹시나 다시는 시장에 갈 수 없을지도 모르는데 인사라도 하고 싶었는데 누나는 보이지 않았다.

하루는 차비를 털어 아이들에게 붕어빵을 사주었다. 억지로 그러려고 한 것이 아니고 그렇게 하고 싶었다. 붕어빵을 하나씩 들려 아이들을 보내고 집까지 먼 길을 걸었다.

기도원으로 올라오기로 한 날 밤 꿈에 누나가 보였다. 누나 뒤에서 말없이 그냥 보기만 했다. 누나는 등을 보이고 광장에 서 있었다. 앞에는 도로와 평화시장이 펼쳐 있고 무심코 사람들이 지나치고 있었다. 누나는 시장을 보고 있었다. 살짝 쥔 주먹과 팔목이 가냘파 보이고 어깨가 앙상하게 느껴졌다. 머릿수건이 가늘게 흔들리고, 어깨까지 내려온 머리에 실밥이 묻어 있었다. 바른 허리 아래 발목이 드러난 짧은 바지를 입고 있었다.

머리칼에 묻은 실밥을 떼고 싶어 손을 내밀었다. 실밥을 떼 비벼 날리다 잠이 깼을 때, 시장에 대해 뜨거운 감정이 가슴속에 치밀어 올랐다. 시장으로 뛰어가고 싶은 마음을 걷잡을 수 없었다.

방으로 들어왔다. 누울 수가 없었다. 불을 켜지 않고 그대로 앉아 한동안 여러 생각을 했다.

아침 부스스한 얼굴로 시장으로 출근해, 옷감 냄새를 맡으며 자리 정돈을 하고, 재단 판에 옷감을 펼치고 패턴을 깔아 초크로 그림을 그린다. 미싱사는 미싱 발판을 부지런히 밟아 옷을 뒤집고, 아저씨는 담배를 물고 라디오 채널을 맞추고, 지각한 아이가 뛰어오고 미싱사는 한소리하고, 지루한 노동에도 지치지 않고 떠들고 웃어 대는 시다들, 야구와 가요에 어깨춤을 추는 아저씨와 미싱을 사이에 두고 도시락을 먹는 미싱사와 시다, 작은 일감 차이에 화를 내고 곧 연속극 이야기에 흥분하고 웃어 대는, 친구들과 연애 이야기나 하고 권투와 야구 레슬링, 이소룡을 이야기하는. 왜 자신은 거기까지 그들과 딱 거기까지 머물 수 없을까? 야구에 웃고 일거리에 만족하지 못하고 하나라도 더 챙겨 돈을 벌고, 소주 한 잔이면 다 해결될 마음으로 하루를 살고, 이후에 공장장도 하고 사장도 할, 거기까지 왜 만족하지 못할까?

고개를 흔들었다. 깊게 한숨을 쉬었다. 안되는 것은 안 되는 것이다. 그렇게 생겨 먹은 것이다. 차마 놔두고 갈 수 없는 일들이 있다. 차라리 놔 버리자. 뭔 길이 달리 있겠는가? 그리 생각을 하니 마음이 한결 편해진다.

"왜 바보처럼 웃고 그래?"

누나의 음성이 비소로 들린다. 깔깔 웃음을 터트리는 아이들도. 함께 웃으려다 말았다. 가슴속에 뜨거운 기운을 내뿜으려 길게 훗 소리가 나게 숨을 내쉬니 가슴이 떨린다. 조금 전의 그 어떤 전율이 느껴진다. 내가 내 안에서 분리되고 있었다.

등뼈에서 가슴으로 뒷머리에서 안면으로 또 다른 내가 쑥 빠져나갔다. 나가는 모습이 선명하게 보였다. 다리가 없이 몸체만 늘어진 흰 모습이다. 말을 할 수도 없는 기이한 순간이다. 내가 떨어져 나간 내가 느껴진다. 내가 껍데기로 혹은 알맹이로 느껴진다. 남아 있는 나와 떨어져 나온 내가 서서히 멀어졌다. 내가 손짓을 하려 했으나 손이 움직이지 않았다. 그러면 안 되는 것 같아 손을 거두었다. 방안이 답답하고 허탈한 기분을 주체하지 못하고 밖으로 나와 평상에 쓰러지듯 누웠다. 도시를 향해 멀어진 자신의 흰 모습이 어둠 속에 사라지는 것을 보고 정신을 잃었다.

6

정태호가 평상에서 벌떡 일어났을 때, 한낮의 태양이 나무 잎사귀를 뚫고 점점이 그의 얼굴에 쏟아지고 있었다. 어느 틈에 왔는지 최 목수가 일꾼들 부려 일을 시키느라 목소리가 산비탈 기도원에 쩌렁쩌렁 울리고 있었다.

"순임이는?"

누구에게 묻는 듯, 갑자기 생각나 혼잣말을 하며 주변을 살폈으나 목사도 중사도 순임이도 보이지 않았다. 그는 생경한 기분으로 땅을 딛고 기도원 안으로 들어갔다. 달구어진 공기가 안에 가득 차 열기가 자신에게 밀려왔다. 아무도 보이지 않았다. 꺼진 석유등만 덩그러니 걸렸고 사람이 없었다. 밖으로 나오려는데 최 목수가 그의 앞에 나타났다.

"아팠다며, 목사님이 떠나면서 깨우지 말라고 하더군. 아, 그리고 목사님이 점심 전에 온다고 했는데 오지 않으려나 봐!"

"어디 가셨나요?"

정태호가 최 목수에게 물었다.

"아니 간밤에 순임이가 열이 많이 나서 김 중사가 목사님한테 말을 하지 않고 혼자 업고 내려갔다더구먼. 아침에도 안 올라오니까 찾으러 간다며 목사님도 내려간 거지. 혹시 점심때까지 못 오면 자네에게 점심을 맡기라고 하던데. 지금 일어났으니 다행이네."

최 목수는 정태호가 이미 알고 있기나 한 것처럼 말을 하면서 손을 내밀어 정태호 이마를 짚어 보았다.

"자네 더위를 먹었나 보군. 다행히 열은 많이 내렸네. 이 땀 좀 봐! 좀 씻어. 쉬어 가면서 하라니까. 젊다고 밤낮으로 일에 미친 사람처럼 일하니 병이 안 나? 일은 신앙으로 하는 게 아니야. 우리가 막 하는 것 같아도 다 기술이야. 그나저나 점심이나 하라구.

오늘 현장에 올라오지 마! 올라오면 내 가만 안 있을 거니까."

최 목수는 혀를 차며 다짐을 주고 뒷짐 지며 현장으로 올라갔다. 정태호는 우물가로 가서 물을 퍼 머리에 부었다. 차가운 물을 머리에 쏟아 씻고 나니 정신이 들었다. 꼼꼼한 목사가 벌써 쌀을 다 씻어 담가 놨다. 가마솥에 쌀과 물을 붓고 불을 붙여 나뭇불을 지폈다.

정태호는 나뭇불을 쑤시고 상추며 배추를 찬물에 씻는데 간밤에 있었던 일들이 생각하려 하지 않아도 실이 풀리듯 하나씩 떠올라 그때 감정을 되살렸다.

김 중사는 깊은 고뇌에 빠져 있다가 간밤에 일시에 해결된 것이 분명하다. 정태호는 점심을 차려 일꾼들을 부르면서 김 중사가 빨리 오기를 고대했다. 그가 온다면 그가 얻은 것이 무엇인지 자세하게 듣고 싶었다. 점심시간이 지나도 목사도 순임이도 김 중사도 올라오지 않았다.

목사가 올라온 것은 일을 마치고 난 한참 후, 저녁 어둠이 주변을 뒤덮기 직전이었다. 순임이는 뇌염이 다시 재발해 병원에 입원을 시켰다고 했다. 돈이 없어 입원을 안 시켜주려고 했지만, 김 중사가 순임이 동네 동사무소에 업고 가서 사무실에서 드러누워 함께 죽겠다고 난리를 피워 영세민 자격을 얻어 입원을 시켰다고 했다.

"김 중사님은 지금 병원에 있나요?"

"아니, 그게 좀. 중사는 경찰에 잡혀갔네. 동사무소에서 경찰을 부른 거지. 잡혀가면서 사정을 이야기하니 경찰이 나서서 영세민 자격을 만들어 주고 치료를 해 준다고 약속을 했어. 그리고 아마 김 중사가 무슨 죄가 있었던 모양이야. 백차가 와서 데려갔어."

"아아!"

정태호는 목이 뜨거워 벌떡 일어섰다.

"김 중사가 아마 다시 여기에 올라올 일이 없을 거라며 안부 전하라더군. 언제 인연이 되면 보자고."

목사는 마저 말을 하고 자리에서 일어났다.

김 중사가 그렇게 떠나고 난 후 정태호의 고뇌의 깊이는 극에 달하는 듯했다. 밤마다 잠을 이룰 수 없어 밤길을 헤매며 방황했다.

정태호는 밤마다 괴로워하며 잠을 제대로 이룰 수가 없었다. 목사가 말리는데도 늦게까지 땅을 파고 시장을 다녔으며, 순임이 입원한 병원에서 밤을 지새우고 올라와 다음 날 낮에도 지쳐 쓰러질 때까지 일했다.

한 달쯤 지나자 순임이 부모와 기도원에 올라왔다. 순임은 자신에게 무슨 일이 일어났는지 모른 채 뛰어다니며 잠자리와 메뚜기를 잡았다. 부모는 목사에게 감사의 인사를 몇 번이나 하며 주님의 은총을 찬양했다. 순임이 돌아왔다가 간 날 밤, 정태호는 잠을 이룰 수가 없었다.

하루는 일을 마치고 우물 앞에서 두레박으로 물을 퍼 올려 몇 번이고 자신의 머리에 쏟아붓고 나니 가슴이 차츰 식기 시작했다. 그날 밤 자신의 가슴에서 뭔가 검은 휘장이 눈 녹듯이 사그라지는 환영을 느꼈다. 몸에서 뜨겁게 열이 났으나 병적인 열이 아니었고, 가슴이 팽배한 뜨거움에서 오는 이성의 체열이었다. 비로소 그는 안정되었다.

목사가 이른 아침 기지개를 켜며 일어나 아침 기도를 하려고 예배당을 가려고 할 때 평상에 앉아 있는 정태호를 발견했다. 평상 위에는 밤새 떨어진 검붉은 단풍잎들이 땅을 덮었다. 산이 어느새 온전하게 가을 단풍으로 갈아입었다. 정태호는 외출복 차림에 가방을 어깨에 메고 목사가 나오기를 기다리고 있었다. 머리를 가지런히 빗고 옷을 단정하게 입었다. 아침 여운을 이마에 지고 은은한 미소를 짓고 있었다. 어찌 보면 서글픔 같기도 했다. 체념한 듯 보이기도 했다.

"떠나기로 하셨나?"

목사가 짐작했다는 듯 폭풍우가 지나간 후 산중에 뜬 햇살처럼 부드럽게 물었다.

"네."

정태호는 웃으며 대답했다. 초췌한 얼굴이지만 눈에서 빛이 났다.

"아침이나 먹고 가지."

목사의 가슴에서 미어지듯 아쉬움이 밀려왔다.

"아니요. 마음은 벌써 시장에 가 있습니다. 재봉틀 소리가 들리고, 아이들 웃음이 보여요. 너무 오랫동안 멀리 떨어져 있었어요."

밝은 목소리였다.

"누구도 말릴 수가 없겠지. 주님이라도. 솔직히 자네를 힘든 길로 보내는 것 같아 다시 한번 잡고 싶네."

"주님이 함께하실 겁니다."

"그래. 항상 주님이 함께하시길 빌겠네."

목사는 정태호에게 다가와 악수하고 가슴을 꼭 껴안았다.

"항상 자네를 위해 기도하겠네. 이 기도원의 주인은 자네네. 언제든 왔다가 가게나. 그리고 건강하구."

목사가 말을 하면서 말끝을 맺지 못했다.

"감사합니다."

정태호는 가방을 메고 가벼운 발걸음으로 아침 이슬에 젖어 있어 반짝이는 단풍잎이 쌓인 길을 밟았다. 그가 다시 돌아보며 손을 흔들었다. 활짝 웃으며 돌아선 그의 등 뒤 동편 하늘에서 아침 여운이 어깨에 떨어지고 새소리가 퍼졌다.

목사는 쏠리는 바람을 맞아 마른 소리를 내며 쏟아지는 단풍 속을 걸어가는 정태호가 붉은 단풍에 완전히 가려질 때까지 쳐다보았다. 숲으로 사라진 길 위로 붉디붉은 단풍이 휘감아 쳤다. 그가 들어간 길옆 숲 경계 뒤집힌 황토 더미 위에 거꾸로 꽂힌 곡괭이 날 위로 아침 햇살이 떨어져 퍼졌다.

시장에서 싹튼 노동의 뿌리 저 아래쪽에서 올라오는 기운을 느끼고 새 삶으로 돋아나는 노동의 열망을 받아 온몸으로 전하는 그런 소설을 쓰려고 했다.

세상의 부당한 일들은 힘찬 노동을 왜곡시킨다. 그런데도 역사의 거친 마디가 될 사건을 피하지 않고 얼굴 앞에서 펼쳐지는 아픈 신음을 소설로 처절하게 느끼고자 했다. 먼지 속에서 함께 밥을 먹고, 서로 격려하고 고통을 안아 주며 어깨에 손을 얹어주는 그런, 공장 한 귀퉁이 동료의 부르는 따뜻한 목소리 같은, 미싱 소리 가득한 복도 꺾어져 가는 시다 아이들의 이야기와 그들을 사랑한 한 사람의 삶을 쓰고자 했다.

2020년 봄을 시작하며
최경주

최용탁

수진리 고개

최용탁

2006년 제 15회 전태일 문학상 수상
2011년 제 1회 고루살이 문학상 수상
장편 소설 『즐거운 읍내』, 소설집 『미궁의 눈』, 『사라진 노래』
평전 『계훈제』, 『남북이 봉인한 이름 이주하』, 『당신이 옳았습니다−김근태』
산문집 『사시사철』, 『아들아, 넌 어떻게 살래』 등

어머니가 치매 진단을 받은 지 삼 년이 되었다. 많은 경우에 그렇듯이 처음에는 그 나이에 흔히 생기는 건망증 정도로 여겼다. 병원에 가기 직전에 어머니는 경로당으로 쓰는 마을 회관에 갔다가 집으로 오는 대신 길을 잃고 이웃 마을에서 헤매는 지경에 이르렀다. 부랴부랴 병원을 찾았을 때는 이미 돌이키기 어려운 상태였다. 결국 일흔 여섯에 어머니는 중증 치매가 왔고 이듬해에 오히려 아무 병이 없던 아버지가 먼저 돌아가셨다. 아침에 일곱 시가 넘도록 기척이 없어 들어가 본 방에서 아버지는 그야말로 자는 듯이 고요한 죽음을 홀로 덮고 있었다. 여든이 넘었고, 고통 없이 자다가 맞이했다며 사람들은 좋은 죽음이라고 나를 위로했다. 나 역시 그렇게 생각했다. 때때로 치매인 어머니에 더해 아버지까지 병석에 누우면 내가 감당할 수 있을까, 하는 생각을 했었다. 어머니를 모시고 일주일에 두 번 시 보건소에서 진행하는 치매 클리닉에 간다. 한 시간 남짓, 유쾌하고 다정한 강사는 모든 노인들을 엄마, 아빠라고 부르며 치매에 좋다는 게임이며 노래 따위를 가르치거나 같이 부른다. 그 시간이 어머니 얼굴에서 웃음이 피어나는 유일한 시간이다. 보통 때는 거의 무표정에 가깝다. 혹 엄마라는 호칭이 좋았던 것일까. 하지만 입 밖으로 오래 내보지 않은 그 단어를 다시 불러내기는 어려웠다.

의사 말대로 어머니는 아직 최악의 상태는 아니었다. 중증이긴 했지만, 그래서 가끔 나를 바라보는 눈빛에서 의심이 묻어나기도 하지만 대소변을 가리지 못한다거나 스스로 누군지 알지 못하는 그런 상태에 이르지는 않았다.

"아드님이 아직 젊으니까, 또 지성으로 간호를 하니까 더 악화되지 않을 수도 있어요. 어쨌든 대화를 많이 하시는 것만으로도 좋아요."

쉰 중반을 훌쩍 넘긴 내가 젊은 걸까. 어쨌든 나는 어머니가 치매로 판명되고 나서 집으로 들어왔다. 딱히 직업이랄 게 없었으므로, 글을 쓰는 일이야 어디서든 할 수 있는 것이므로 늙은 부모가 사는 집으로 돌아오는 게 자연스러웠다. 물론 아내를 두고 나 혼자 들어온다고 하자 아버지가 말렸다. 아직은 당신이 어머니를 보살필 수 있노라고, 가끔 반찬이나 두어 가지 가져다주면 된다고. 이상하게 아버지의 말은 아내가 한 말과 비슷했다.

"아직 아버님이 건강하시잖아. 반찬이나 해다 드리고 치매 요양사도 불러 드리면 될 거 같은데."

아내가 알아본 바로는 집안 청소며 빨래까지 해 주는 요양사 제도가 있다는 것이었다. 혹 아내가 들어가서 함께 부모를 모시겠다고 할지도 모른다는 생각을 잠깐 했었지만 아내는 전혀 그럴 마음이 없었다. 마치 큰 결의라도 하는 듯이 아내는 단호한 표정으로 오금을 박았다.

"난 친정 엄마가 치매라도 간병 못해. 차라리 요양원으로 보내지. 못된 며느리라고 해도 어쩔 수 없어."

어머니를 요양원으로 보낸다는 생각은 해 본 적이 없다. 최후에 어쩔 수 없을 때 선택할 수 있을지라도 아버지가 정정하고 차로 불과 이십 분 거리에 아들과 며느리가 살면서 그럴 수는 없었다.

"그리고 나라도 벌어야지."

거의 평생을 들어온 말이지만 언제나 나를 침묵하게 하는 아내의 한마디에 나는 다른 말을 내지 않았다. 그리고 간단한 짐을 챙겨서 부모님이 사는 집으로 들어왔다. 삼 년 전이었다.

아버지가 돌아가신 후에는 어머니와 둘이 종일 시간을 보내다시피 했다. 어머니는 부쩍 나를 의지하며 잠시도 떨어지지 않으려 했다. 자연스럽게 나 또한 이전에 맺었던 인간관계에서 멀어지고 짧은 여행조차도 다닐 수 없는 형편이 되었다. 잠깐씩 외출을 할 때는 어머니를 마을 회관에 맡겼다. 불과 열 가구가 사는 마을이고 홀로 된 안노인 서넛이 늘 상주하고 있는 곳이기도 했다. 그들이 내게 가장 큰 도움을 준다.

그날도 어머니와 오일장에 나들이 겸 모종을 사러 간 날이었다. 외출하기에 적당히 따뜻한 이른 봄날이었다. 텃밭에 심을 고추며 가지, 상추 등속을 고르던 내 옆에서 어머니가 참외 모를 가리켰다.

"외 심자. 그때 외 맛있었제?"

어머니는 참외를 늘 외라고 불렀다. 참외는 텃밭에서 관리하기에 썩 쉬운 작물이 아니다. 그리고 어머니가 참외를 좋아했던가. 잘 기억나지 않았다. 참외 모도 두 포기를 사서 다시 집으로 돌아왔다. 쇠스랑으로 미리 일구어 놓은 작은 텃밭에 산에서 긁어온 부엽토를 깔고 다시 뒤집은 다음 줄을 맞추어 모종들을 심었다. 오이와 호박까지 다들 서너 포기면 둘이 여름내 소꿉장난하듯이 따먹을 것들이었다. 어머니는 호미를 들고 앞서서 심고 나는 물을 떠다 포기마다 주면서 느릿느릿했는데도 한 시간이 채 걸리지 않았나보다. 어머니는 역시 무언가를 심고 가꿀 때 그나마 생기가 돈다. 평생 꽤 큰 농사를 짓다가 집과 텃밭만 남기고 모두 처분한 게 벌써 칠년 전이었다. 아무 대책이 없었지만 내 큰딸이 대학을 가게 되자 미련 없이 땅을 처분했다. 두 분은 그때 삼십만 원쯤 노인 연금을 받고 있었다. 우린 그걸로 살 테니께, 이 돈으루 애들 핵교 보내라, 삼억 원이 조금 넘는 돈을 아버지는 통장째 내게 주었다. 나 역시 아무런 대책이 없었으므로 그걸 받아서 아내에게 건넸다.

"그때두 느 아부지는 겁이 많았어야. 날 못나가게 난리를 쳤제. 그래두 그날은 으짤 수가 읎었어, 내가 앞장서 놓고 으째 내가 빠진다냐. 이제사 생각해 보믄 느그들만 아니믄 진즉에 싹 갈라섰을지두 모른다."

호미를 놓고 마루 끝에 앉아 햇살 바라기를 하던 어머니가 알 수 없는 이야기를 했다. 평생을 무난하게 살다 돌아가신 아버지를 향한 애틋함이 없는 거야 치매가 아니라도 그럴 수 있다고 생각했다. 아내 역시 그럴 것이리라. 그런데 어머니가 이야기하는 그날이란 대체 어느 기억의 갈피 속에서 꺼낸 날일까. 중천에 뜬 햇살이 따뜻했고 뒷산에서 뻐꾸기가 울고 있었으므로 나는 간만에 온전해 보이는 어머니와 대화를 이어갔다.

"그날이 언제유? 내가 몇 살 나던 때였쥬?"

"애비가 궉민핵교 들어가든 해니께 일곱 살인가, 여덜인가 그럴 것이네."

어머니의 눈빛이 아스라이 허공을 향해 멀어지고 있었다. 국민학교라니, 그렇다면 어머니가 떠올린 그날은 수진리 고개에 살던 때였다. 갑자기 아뜩해지는 느낌이었다. 겨우 이 년 조금 넘게 살았지만 그때는 내게 기억이 선명한 생의 첫 장이었다. 아둔하거나 기억력이 형편없어서이겠지만 나는 다섯 살까지는 전혀 기억을 하지 못한다. 그런데 여섯 살 무렵부터의 기억은 장막이 갑자기 젖혀진 것처럼 떠오른다. 더구나 수진리, 지금은 성남시로 바뀌었지만 당시 광주 대단지라 불리던 그 언덕바지의 기억은 결코 잊을 수 없는 장면들이다. 그리고 우리 가족은 살면서 그 시절 이야기를 거의 나누어 본 적이 없다. 서로 알고 있는 상처를 배려라도 하듯이, 말하지 않으면 존재하지 않는 시간이 되어 버리기라도 하듯이. 그런데 어머니가 그 시절을 떠올린 것이다.

"그때 외 두 개를 들구 집으루 뛰어오는데 그렇게 눈물이 나드라. 다리가 을매나 후들거리는지. 애비가 먹는 거만 보구 다시 갈려구 했는데 맥이 빠져서 한 걸음두 못 걸겠드만. 그 질루 고만이었제. 고만이었어."

아, 어머니는 그날을 떠올리고 있었다. 내가 학교에 들어가던 해, 수진리에 처음 생긴 수진 국민학교에 첫 회로 들어가던 그해 여름, 해가 나다가 비를 퍼붓기도 하던 기이한 날, 무서워 떨다가 어머니가 가져온 참외를 껍질째 으적으적 깨물어 먹었던 바로 그날을 떠올리고 있었다. 내 기억 속 처음으로 먹어 보았던 참외가 그날의 참외였다.

충청도 산골에서 근근이 농사를 지으며 살던 내 부모가 서울로 떠난 것은 내가 여섯 살이 되던 해였다. 한 해 농사를 마치고 이런저런 준비로 해를 넘긴 1970년 1월의 어느 추운 날이었다. 거대한 이농의 물결이 일어나던 때이기도 했고 도무지 앞이 보이지 않는 미래가 불안한 서른네 살 젊은 가장의 결단이기도 했다. 물론 기술도 가진 것도 없는 농투성이가 시도하기에는 무모한 일이기도 했다. 어렸을 때부터 남들보다 큰 나뭇짐을 졌던 아버지에게 기술이라면 지게질 정도였으리라. 비빌 언덕이 아예 없는 건 아니었다. 아버지와 터울이 많이 지던 큰고모가 서울에 살았는데 고모부가 사업을 해서 부자가 되었다는 소문이 마을에 퍼져 있을 정도였다. 나중에 알고 보니 고모부가 하는 사업이란 빈 병을 수집하여 세척한 후 다시 납품을 하는 일종의 재활용 사업이었다. 벌이가 쏠쏠한지 그때 서울에서 떠들썩하게 지은 청계천 변의 삼일 아파트에 입주하여 살고 있었다. 어쨌든 처음 서울에 가서 들어간 집이 당시 최첨단 아파트였다. 그해 겨울도 다나지 못하고 나왔지만.

두 살 난 어린 동생과 부모님, 할머니와 아직 결혼을 하지 않은 막내 고모까지 여섯 식구가 딸만 넷을 둔 고모네 여섯 식구와 새로 지은 삼일 아파트에서 두 달쯤 살았다. 내 기억이 맞을 거라 믿는데, 아파트는 채 열다섯 평이 되지 않았을 것이다. 그때만 해도 단칸방에서 예닐곱 식구가 사는 일이 흔했으므로 집이 좁다는 생각은 들지 않았다. 내게 가장 큰 문제는 변소였다. 집

안에 있는 수세식 변기에서 똥을 눌 수가 없었다. 소심하고 부끄러움이 많았던 나는 아무도 몰래 무려 한 달 동안 똥을 누지 않았다. 아버지는 고모부와 일을 나갔고 어머니는 졸지에 식모가 되어 밥을 하고 사촌들 도시락을 싸고 바로 앞 청계천에 가서 빨래를 해야 했으므로 비밀에 싸인 나의 변비에 대해 알 리 없었다. 결국 얼굴이 노랗게 되어 쓰러질 지경이 되어서야 어머니는 나를 청계천으로 데려가 꼬챙이로 똥구멍을 파서 기나긴 인고의 시간을 끝내 주었다. 눈물이 찔끔 나오기도 했지만 마침내 묵은 똥을 쏟아 냈을 때의 해방감을 잊을 수 없다.

내가 알 수 없는 어떤 이유로 어머니는 큰고모와 다투었고 주저하는 아버지를 내몰아 우리는 고모네 집에서 나왔다. 할머니와 막내 고모는 남고 우리 네 식구만 나왔는데 나를 몹시 귀여워하던 고모가 서럽게 울었다. 나도 고모 품에서 한없이 흐느끼고 싶었지만 어머니가 사납게 떼어 내었다. 어머니는 손속이 매운 사람이었다. 멀리 가지는 못하고 청계천 변에 아직 남아 있던 판잣집 하나를 샀다. 흡사 큰 상자처럼 생긴 그 집은 몹시 추웠고 시끄러웠다. 내 기억 속에는 집 옆으로 기차가 다녔던 것 같다. 청계천 변에 기찻길이 있었는지 모르겠는데 분명히 나는 역시 두어 달밖에 살지 않은 그 판잣집에서 지겹도록 기차 소리를 들었다. 그리고 우리는 곧 거기에서도 쫓겨났는데, 대대적인 도시 정비 사업의 하나로 서울 시내의 판잣집에 사는 사람들을 신도시로 소개하기 시작했던 것이다. 그 신도시가 바로 광주 대단 지였다. 서울에 온 지 반 년도 되지 않아서 우리는 이름도 낯선 남한산성 아래 광주, 수진리라는 곳으로 가게 되었다. 우리 집의 얼마 되지 않은 세간을 실으려고 온 차는 군용 트럭이었고 몇 명 의 군인들이 짐을 실어 주었다. 나를 번쩍 들어 트럭에 올려 준 군인의 까맣고 바싹 마른 얼굴이 희미하게 기억에 남아 있다.

새로 온 수진리는 정말 질었다. 급하게 산을 깎아 줄만 쳐놓 은 땅은 발을 떼기가 힘들 정도로 진창이었다. 황량하기 그지없 었지만 사람들은 이미 바글거렸다. 판자로 집을 짓는가 하면 벽 돌을 찍어 제대로 집을 짓는 이들도 있었다. 우리는 가진 게 없 었으므로 아버지가 판잣집을 지었다. 집을 짓는 며칠 동안 어디 에서 살았는지는 아무리 생각해도 기억나지 않는다. 나중에 확 인한 거로는 임시로 정부에서 천막을 제공했다고 하는데 모르겠 다. 아버지는 정말 운이 좋다고 했다. 무려 이십 평이나 되는 대 지를 헐값에 받게 되었고 뜻밖에 일찍 고향을 뜬 친구가 그곳에 서 자리를 잡고 있다고 했다. 어떤 경로로 그가 수진리 고개를 관통하는 버스길 옆에 일찌감치 넓은 땅을 마련하여 고물상을 하고 있었는지 나는 알지 못한다. 넓은 고물상에 붙은 그의 집은 벽돌로 지어 기와까지 올린, 그 일대에서는 보기 드물게 좋은 집 이었다. 며칠 만에 판잣집으로 입주한 후 아버지는 친구의 고물 상으로 일을 다녔다. 아버지가 늘 종철이라고 불렀기 때문에 이름을 기억하는데 성을 모르는 고물상 주인을 나는 아저씨라고 불렀다. 아버지와는 학교를 같이 다녔고 시골에서 방앗간을 하다가 이미 칠팔 년 전에 상경했다고 했다. 그저 농투성이가 아니었기에 일종의 사업을 할 수 있었는지 모르겠다. 아저씨는 아버지와 친했을 뿐만 아니라 인상이 좋고 늘 너털웃음을 치는 호인이었다. 내 눈에는 진기하게만 보이는 고물상을 이리저리 마음껏 뒤지고 다녔다. 시골에서는 보지 못한 온갖 것들이 쌓여 있는데 날마다 새로운 물건들이 들어왔다. 수레를 끌고 오는 사람도 있었지만 대개는 대나무로 엮은 거대한 통발 같은 것을 지게처럼 지고 그 안에 고물을 수집해서 왔다. 젊고 욕을 입에 달고 사는 그들을 '시라이'라고 불렀다. 쇠붙이와 비닐 따위를 분리해놓으면 또 누군가가 삼륜차나 수레를 끌고 와서 실어가곤 했다.

"느 아부지가 을매나 고생을 시킸는지. 물건을 갖다주구 돈은 못 받아 오는 거라. 내가 쫓아가서 쌀 떨어졌다구 난리를 친 게 몇 번인지 모른다."

그 대목에서 어머니가 한숨을 쉬었다. 아버지는 고물상에 들어오는 빈 병을 모아 고모부에게 가져다주었는데 몇 시간이나 리어카를 끌고 영등포까지 간다고 했다. 그런데 매번 돈을 달라는 입을 떼지 못해서 빈손으로 돌아오기 일쑤였다. 월급이 따로 없이 돈을 받아 오면 고물상 아저씨가 적당히 갈라서 주는 식이었기에 수금을 못하면 꼼짝없이 쌀 한 봉지도 살 수가 없었다. 정다급하면 어머니가 직접 고모부를 찾아가 돈을 받아오곤 했다.

"내가 오죽하믄 양키 장사를 다 했겄냐."

당연히 나도 안다. 어느 날부턴가 어머니는 동생을 들쳐 업고 장사를 하겠다고 나섰다. 어떻게 물건을 조달했는지는 모르지만 어머니는 미군 부대에서 나오는 여러 물품들을 길바닥에 펴놓고 장사를 했다. 주로 군복이나 청바지 따위 옷들이 많았고 깡통에 담긴 각양각색의 통조림, 화장품까지 아침이면 큰 보자기에 그것들을 싸서 사람들이 많이 오가는 수진리 고갯길에 펼쳐 놓았다. 어떤 때는 벌이가 괜찮기도 했는데 거의 무법 지대나 다름없던 그곳에서 젊디젊은 여자가 계속하기는 어려운 일이었다. 별별 건달들이 시비를 걸고 때로는 경찰이 단속도 했다. 나중에는 집집을 돌아다니며 장사를 하기도 했는데 지금 생각하면 일종의 방문 판매였다.

"시상에 물도 읎넌 데서 살라니 으떻겠냐. 물 한 초롱에 이십 원씩이나 하니 물이나 맘대루 마셨겄냐, 빨래를 지대로 허겄냐. 그 세월을 으떻게 헤쳐 나왔넌지."

맞다. 물장사도 있었다. 지게 양쪽에 양은 통 두 개를 넘치게 지고 들어와 동이에 부어 주던 늙수그레한 물장사, 이른 아침에 붉게 익은 얼굴로 소처럼 허연 입김을 내뿜던 그도 이미 오래 전에 세상을 떴으리라. 미군 부대 물건이 늘 구색을 맞추어 나오는 게 아니라서 아마 어머니의 장사로는 물이나 연탄 정도를 충

당했을 것이다. 어린 나에게 신세계는 미군 부대에서 나온 버터였다. '빠다'라고 불러야 제대로 그 맛이 떠오르는, 큰 깡통에 노랗게 굳어 있는 그것을 한 숟가락 떠서 뜨거운 밥에 넣으면 간장 하나로만 비벼도 기막힌 맛이 났다. 그 후 삼십 년도 더 지나서 나는 문득 그 생각이 나서 마트에서 파는 버터로 밥을 비벼 보았는데 한 숟가락도 넘기지 못하고 개수대에 쏟아버렸다. 어린 내가 먹었던 것은 버터가 아니라 역시 '빠다'였고 허기였던 것이다.

고물상 아저씨에게는 나보다 한 살 아래인 진용이라는 아들이 있었는데 늘 누런 코를 달고 있긴 했지만 착하고 나를 잘 따랐다. 고물상에는 한 귀퉁이에 항상 닫혀 있는 방이 하나 있었고 거기에는 강냉이 튀밥이 쌓여 있었다. 내 키보다 더 큰 투명 비닐에 담긴 튀밥은 고물을 가져오면서 돈 대신 주는 용도였다. 먹을 것이 귀했으므로 튀밥 한 바가지가 돈을 대신했던 것이다. 고물상을 마음껏 돌아다니면서도 역시 소심했던 나는 그 군침 도는 튀밥에 한 번도 손을 대지 않았다. 손을 대기는커녕 오해를 받을까봐 그 방 근처에는 얼씬거리지도 않았다. 하지만 진용이는 그 집의 아들이었다. 제가 먹고 싶을 때면 언제나 방을 열고 들어가 튀밥을 꺼내왔다. 사실 고물상에는 호랑이처럼 무서운 할아버지, 그러니까 진용이 할아버지가 늘 어슬렁거리며 돌아다녔다. 지팡이를 짚고 고개를 늘 좌우로 떠는 할아버지는 내가 혹 쇠붙이라도 하나 집어 갈까 하여 무섭게 지켜보곤 했다. 어느 날 진용이가

방으로 가서 튀밥을 가지고 나오는 사이에 나는 열린 문 사이로 튀밥이 아닌 다른 무언가가 있다는 것을 보게 되었다. 의외로 그 방은 꽤 컸고 앞에 놓인 튀밥 안쪽에는 비에 젖으면 안 되는 고물, 그러니까 종이로 된 무언가가 잔뜩 쌓여 있었다. 결론적으로 그것 칠 할 정도는 만화책이었고 나머지는 잡지 등속이었다. 고백하건대 그것은 내 생에서 가장 중요한 발견이 되었다.

"애비가 안 보이믄 늘 거기에 있는 중 알았제. 그때버텀 그렇게 책얼 좋아하더니 지금꺼정 그러네."

어머니 얼굴에 설핏 미소가 떠오르는 것도 같았다. 그랬다. 그 방을 발견하고 나는 학교에 들어가기 전까지 날마다 그 방에서 살았다. 족히 수천 권은 될 만화책을 모조리 독파한 것이다. 그때까지 나는 한글을 읽을 줄 몰랐다. 유치원을 다녔을 리 없고 학교에 들어가기 전까지 누군가 가르쳐줄 리도 없었다. 어떤 매혹이 나를 이끌었을까. 아마 책이라는 물건 속에 들어있는 영혼의 다른 이름이 흡인력인지도 모르겠다. 하여튼 나는 만화책의 첫 장을 넘기는 순간부터 이 놀라운 세계로 빠져들었다. 난생 처음 보는 그림들과 인물들의 표정 변화 같은 게 일차적으로 나를 이끌었다. 그리고 조금씩, 처음에는 큰 글자들, 그러니까 앗, 이크, 받아랏, 이런 단어들이 저절로 익혀졌고 얼마 지나지 않아 모든 문자를 해독할 수 있었다. 말 그대로 개안을 한 셈이었다. 고물상의 만화책에는 또 다른 장점이 있었다. 대개 여러 권으로 된 만화책은 고물상답게 전권이 갖추어진 게 거의 없었다. 중간 중간 낙권이 되어 이야기의 빈 공간을 상상으로 메꾸어야 했다. 어두컴컴한 방에 혼자 앉아 아름답던 주인공의 사랑이 갑자기 비련으로 건너뛴 사정을 상상하는 것보다 더 훌륭한 글쓰기 수업이 어디 있으랴. 내게 약간 글 쓰는 재주가 있다면 나는 그것이 전적으로 그 고물상 튀밥 방에서 온 것이라고 믿는다. 나는 진용이에게 만화책을 읽어 주며 그도 곧 글을 읽게 되리라고 생각했지만 이상하게도 진용이는 끝내 한글을 읽어 내지 못했다. 다만 내가 들려주는 이야기는 아주 좋아했는데 만화 내용을 적당히 윤색해서 알아듣기 쉽게 이야기해 주는 식이었다. 진용이는 늘 튀밥 봉지를 주먹으로 뻥 뚫어서 방 가득 흩어지게 해 놓고 주워 먹었다. 나로서는 아주 만족스러운 첫 번째 독자였던 셈이다.

우리 집은 고물상에서 어린 걸음으로 십 분쯤 언덕을 올라간 곳에 있었다. 비탈이었고 수많은 판잣집과 벽돌집들이 다닥다닥 붙어 있었다. 집집마다 아이들이 있고 아침저녁으로 매를 맞고 우는 소리가 들렸다. 어른들은 술을 마시고, 싸우고, 살림을 부수고 아이들을 때렸다. 아이들도 무서웠다. 어른들이 없는 곳에서는 아이들끼리 뒤엉켜 싸우거나 어른들이 내뱉는 욕을 똑같이 따라 했다. 서울로 왔다지만 겨우 청계천 언저리에서 몇 달을 살아 본 내게 수진리의 모습이 곧 서울이었다. 어린 내 눈에도 보이는 모든 게 끔찍했다. 비라도 내리는 날이면 아이들이 발목까지 진창에 빠져 언덕을 올라오지 못했다. 얼마 되지 않는 거리를 길 가장자리만 골라 디디며 빠진 발을 빼어가며 한참씩 올라오곤 했다. 우리가 이주했던 그 무렵에 이미 광주 대단지의 참상은 알려지고 있었다. 나중에 보게 된 것이지만 1970년 5월 15일자 조선일보는 이렇게 쓰고 있다.

"가난의 속살은 끔찍했다. 겨울이면 난방시설도 갖추지 못한 채 바람만 겨우 막는 천막마다 굶주린 아이들과 실업자들이 대낮에도 이불을 뒤집어쓴 채 추위에 떨었고 여름이면 그늘 하나 없는 황무지 위에 겨우 햇볕만 가린 천막 안에서 파리, 모기를 물리칠 힘도 없이 쓰러져 있는 참상이 벌어졌다. 노천 변소의 오물은 사방으로 넘쳐 천막촌 전체가 항상 역겨운 악취에 덮여 있었고 쓰레기가 곳곳에 널려 전염병을 불렀다. 전쟁 중의 피난민도 이처럼 참혹하지는 않을 것이다."

다른 것은 거의 기억이 나는데 몸으로 느꼈을 추위나 더위에 대해서는 생각나는 게 없다. 다만 변소는 기사보다 훨씬 참혹했다. 노천 변소가 넘치는 정도가 아니었다. 상하수도가 없으니 어쩔 수 없었을 테지만 아침마다 요강을 들고 나와 그냥 바닥에 붓는 것은 당연했고 비라도 오면 일부러 똥을 퍼서 비탈진 길로 흘려보냈다. 빗물과 함께 똥들이 흘러내리는 일은 일상이었다. 실제로 언덕 맨 아래에 있던, 내가 다니던 수진 초등학교 정문 앞에는 위에서 흘려보낸 똥물이 저수지처럼 고이곤 했다. 이미 십오만 명 정도가 살던 곳에 아무런 기반 시설이 없었던 것이다. 어머니가 최초로 몇몇 주민들과 관을 찾아 항의를 했던 것도 상하수도 문제였다.

"그때 사람이 을매나 죽어 나갔는지 모른다. 늙은이들은 숱하게 죽었구 홍역이 씰어서 애들도 한 집 건너 하나씩 잃었다구 봐야지. 집에다 그냥 시신을 놔두고 야반도주허는 사람두 있었으니께. 첫째루 물이 읎어서 살 수가 있으야지. 동네 여자덜 열댓 명이 가서 아주 우릴 쥑이라구 다 드러누웠대니께."

어머니는 그때 작으나마 승리를 했다. 상수도는 아니었지만 곳곳에 우물을 팠던 것이다. 우리 집 앞에도 수도꼭지가 달린 샘이 생겼고 늘 여자들이 붐볐다. 아마 그 후로 어머니는 부녀들 사이에서 무슨 일이 있으면 앞장을 서게 되었던 모양이다. 물론 가장 큰 고통은 가난이었다. 사람들만 잔뜩 이주를 시켰을 뿐 생계 대책은 전혀 없었다. 공장을 세워 주겠다는 약속도 지켜지지 않았고 아무 일도 할 게 없는 황무지에서 사람들은 다시 서울 판자촌에서 하던 일, 그러니까 막노동이나 지게질하기 위해 서울을 오가야 했다. 지금이야 지척이지만 그때는 버스를 타고 한 시간 반이나 가야 청계천 어름에 닿을 수 있었다. 인구 십오만 명에 서울을 오가는 버스도 달랑 노선 하나에 세 대 정도가 있을 뿐이었다. 아침저녁으로 버스는 지옥과도 같았다. 그나마 왕복 버스비가 칠십 원이나 해서 날품을 팔아야 남는 게 없었다.

아버지가 집에서 가까운 고물상에 일을 나가는 것은 다행이 었지만 돈이 제대로 벌리는 것도 아니고 거친 사람들과 어울리 면서 술을 마시는 날이 많아졌다. 지금 생각하면 얼마나 두렵고 낯설었을까 싶다. 농사나 짓던 사람이 삶의 막장에 몰린 그악스 러운 사람들 속에서 그야말로 최악의 노동을 해야 하는 상황이 었다. 고물을 수집하다 보면 별별 게 다 나온다고 했다. 지금도 기억나는데 아버지가 경찰에 연행된 적도 여러 번이었다. 강도 와 절도가 판치는 곳이었으니까 고물로 가져온 것이 장물인 경 우가 많았던 것이다. 그때만 해도 일단 경찰서에 끌려가면 치도 곤을 당하고 없는 돈을 써야 하던 시절이었다. 심지어 쓰레기 속 에서 죽은 신생아가 나오는 경우도 드물지 않았다. 떠나온 고향 처럼 이곳에서도 미래는 암울할 뿐이었다. 이 모든 상황이 아버 지를 자포자기로 몰고 갔을까, 아버지는 술을 마시고 이웃들처 럼 없는 살림을 부수기도 했다. 물론 이웃들처럼 어머니나 나를 때리지는 못했다. 근본적으로 기가 약한 분이었다. 첫해 겨울이 되었을 무렵 아버지는 거의 매일 취해서 들어왔다. 고물상에서 술판이 벌어지면 일꾼들이 불러 대던, 욕이 섞인 노래를 부르기 도 했다. 나는 전에 살던 고향 집과 송아지가 자꾸 보고 싶었다.

겨울이 되자 어머니는 쫓기는 사람처럼 더욱 장사에 매달렸 다. 어린 동생을 내게 맡겨 두고 나가는 날이면 어두컴컴한 방에 서 알아듣지도 못하는 동생을 앞에 두고 혼잣소리처럼 이야기를 들려주었다. 만화책에서 읽은 수많은 줄거리들이 머릿속을 가득 채우고 있었다. 동네 아이들이 떠드는 소리가 들려왔지만 나는 왠지 그 아이들과 어울리기 싫었다. 어머니가 동생을 맡기는 날은 서울로 물건을 하러 갈 때였다. 어머니가 돌아오는 시간은 일정하지 않았다. 버스 때문이었는지 그 물건이라는 게 조심스러운 것이어서인지는 모르겠는데 해가 지기 전에 돌아오는가 하면 밤이 늦어서야 보따리를 이고 돌아오기도 했다. 아버지는 취해서 잠이 들고 동생도 울다 잠들면 나는 어머니를 기다리러 수진리 고개 버스 정류장으로 나갔다. 짐을 조금이라도 나누어 들고 와야 한다는 마음도 있었지만 술 냄새를 풍기며 코를 고는 아버지 옆에 앉아있는 게 괴로워서기도 했다. 어머니가 늦는 날이면 언제나 배가 고팠다.

버스는 아주 드물게 왔고 문이 열리면 사람들이 쏟아져 나왔다. 버스에서 큰일이라도 치른 것처럼 내린 사람들은 저마다 신음 같은 소리를 내뱉었다. 때때로 무지막지한 남자 차장이 내리는 사람에게 욕을 퍼붓기도 했다. 넌 다시 타지 마, 이년아. 이런 비슷한 말을 여러 번 들었다. 제발 어머니에게는 그런 욕을 하지 않았으면 하고 애를 태우곤 했다. 그래도 어머니가 얼른 내리면 얼마나 좋았을까. 바람 막을 곳 하나 없는 고개에서 하염없이 어머니를 기다리던 그 겨울에 나는 너무 일찍 유년을 벗어나고 있었다. 배고프고 춥고 무서운 날들에 만화책이 꿈꾸게 한 다른 세상이 뒤엉켜 원초적인 혼란에 휩싸여 있었다. 버스가 다시 떠날 때면 어머니가 영영 돌아오지 않을지도 모른다는 견디기 어려운 공포가 찾아왔다. 내가 매달릴 끈은 오직 오지 않는 어머니라는 존재뿐이었다. 어머니를 기다리던 수진리 고개에서 소용돌이처럼 나를 휘감았던 그 감정들이 나를 평생 지배한 의식의 원천이 되었다고 이제는 느낀다.

마침내 어머니가 보이면 와락 울음이 터지곤 했다. 모든 혼란과 두려움이 사라졌다는 어떤 안도의 울음이었다. 어머니 수중에 돈이 남아 있는 날은 언제나 가게에서 연탄 한 장과 쌀 한 봉지를 샀다. 새끼줄에 꿰어주는 연탄과 두 끼니 정도를 해 먹을 수 있는 봉지쌀이 내가 들고 가는 목록이었다. 수진리에서 그 두 물품은 거의 부의 상징이었으므로 나는 왠지 어깨가 으쓱하는 느낌이었다. 늦은 시간에도 어머니는 집을 치우고 쌓인 설거지를 해야 잠자리에 드는 분이었다. 모든 어머니들이 그렇듯이 내 어머니 역시 초인이었다. 그리고 그해 나는 삼십 년쯤 후에 나타날 거라는 진짜 초인을 만났다. 수진리에 처음 생긴 만화방에 있던 텔레비전이라는 신비한 물건을 통해서였다. 입장료로 오 원을 받았던 그 만화방 아닌 텔레비전 방에서 나는 책으로 보았던 우주소년 아톰이 실제로 하늘을 나는 광경을 보았고 엄청난 충격을 받았다. 물론 오 원이 쉽게 생기는 돈이 아니어서 실제로 입장하여 텔레비전을 본 적은 열 번도 채 되지 않을 것이다. 꽤 여러 가지 만화영화를 했는데 역시 가장 기억에 남는 것은 아톰이었다. 아톰을 보기 위해 난생 처음 어머니 주머니를 뒤져 오원을 훔쳤다가 종아리에 피멍이 들도록 맞은 적도 있었다. 어머니는 내게 매질을 한 후 만화방을 찾아가 주인과 대판 싸움을 벌였다. 결국 나는 그 만화방에서 처음으로 블랙리스트에 올라 다시는 출입을 하지 못했다.

이듬해 수진리에 학교가 생겼다. 수진 국민학교였다. 위성 지도로 찾아보니 지금도 예전 그 자리에 그대로 있다. 나는 개교 첫 신입생이 되어 입학을 했는데 국어책을 줄줄 읽는 사람은 나 하나였다. 학교에 들어가면서 비로소 나는 또래 아이들과 친구가 되어 어울릴 수 있었다. 두 해를 다닌 게 전부여서 그때 동급생들을 거의 잊었지만 제일 친했던 이성일이란 아이는 지금도 얼굴이 기억난다. 보기 드물게 얼굴이 하얗고 눈에 띄는 귀공자 스타일이어서 보자마자 호감이 갔던 것도 생각난다. 이후로 오십 년 동안 만난 적이 없는데 학교를 검색하다가 수진 초등학교 동문회 소식을 전한 어느 블로그에서 그의 이름과 사진을 보았다. 1회 동창회장에 동문회 고문이라는 그의 얼굴은 내 기억 속 성일이와 많이 달랐다. 그때 수진리에 살던 내 또래들이 겪을 만한 풍상을 그나 나나 겪었다고 할 밖에.

"애비가 인물이 젤로 좋더라. 으쩨 그리 다들 찌쭤찌쭤하든지. 어디든지 애비 데리고 가믄 다들 아덜 잘 뒀다구 했지. 그 소리가 질로 듣기 좋았어."

해가 산에 걸리고 있었다. 몇 시간이나 두런두런 이야기를 하는 동안 어머니는 거의 정신을 놓지 않았다. 나와 둘이 살면서 최소한 많이 악화되지는 않았다. 의사도 이대로 가면 큰 문제없이 남은 삶을 살 수 있다고 했다. 어머니가 완전히 정신을 놓게 되면 내가 감당할 수 있을까. 가끔 나를 바라보는 어머니의 눈빛에서 의심이 묻어날 때, 저 낯익은 사람이 누구지, 하는 눈빛을 마주할 때 문득 가슴이 무너지는 느낌을 받곤 한다. 나와 제일 강하게 연결되었던 한 생애가 무너진다는 것은 어머니와 내가 동시에 살아온 시간의 밑동이 함께 사라진다는 뜻이리라. 밑동이 잘린 가지와 우듬지는 의미 없는 삭정이가 되어 우수수 흩어질 것이다. 흘러가지 않는 남은 시간들을 쓴 탕약처럼 삼켜야 하는 나날들을 내가 견딜 수 있을까. 아직 나는 모르겠다.

"그때 조금 더 버티고 살아 보지 그랬어요. 거기가 나중에 성남시가 되어서 엄청 커지고 좋아졌잖아요. 시골에 와서 다시 농사짓는 것보다는 나았을 텐데요."

"느 아부지두 그렇고 나두 정이 떨어져서 못 살겠드라. 사람덜 보기 챙피스럽기두 허구. 차라리 나두 감옥으루 끌려갔으믄 싶었제."

어머니는 1971년 8월 10일에 터진 광주 대단지 폭동 사건에 적극적으로 참가한 사람이었다. 그전부터 동네일에 발 벗고 나서서 관과 싸운 이력이 있었기에 자연스럽게 대책 위원회에 들어가게 되었고 시위 준비를 함께 했던 것이다. 현대사에서 광주 대단지 사건으로 불리는 그 날은 불과 예닐곱 시간의 폭동 같은 거였지만 이미 사건 한참 전부터 조짐이 있었다. 정부는 불과 몇 백 원에 수용한 황무지를 주민들에게 만 원이 넘게 불하하겠다고 발표했다. 그리고 아직 짓지도 않은 집에 취득세를 만 원이나 부과했다. 싼 값에 내 땅을 가질 수 있다는 게 희망의 전부였던 사람들에게 정부의 발표는 말 그대로 절망이었다. 먹을 것도 없어 핏발이 선 사람들의 눈에 분노가 타오르기 시작했다. 자연스럽게 정부에 대항하는 주민 대책위가 결성되었고 이들은 토지 가격 인하와 세금 면제 등을 요구하는 진정서를 올리는 등 활동을 시작했다. 그러나 당국은 답이 없었고 주민들은 대책위를 투쟁 위원회로 개편하여 8월 10일을 최후 결단의 날로 잡았다. 전 날부터 단지 전역에 삼만여 장의 삐라가 뿌려졌고 분위기는 달아올랐다. 위험을 눈치 챈 서울시에서는 집회가 예정된 10일에 양탁식 시장이 직접 내려와 교섭을 하겠다고 발표했다. 투쟁 위원회에서는 이 사실을 알리며 시장이 오는 시간에 모두 모여서 단결된 힘을 보여 주자고 호소했다. 만약에 요구 조건이 관철되지 않으면 즉각 실력 행사에 들어가겠다는 것도 공지했다.

어머니는 사람들과 시장에 가서 광목을 끊어다가 여러 개의 플래카드를 만들었다. 흰 광목에 붉은 글씨로 '배고파서 못 살겠다! 토지가격 내려달라', '실업군중 구제하라!' 등의 문구가 적혔다. 아버지는 어머니가 그런 일에 앞장서는 것을 못마땅해 했고 취해서 고래고래 소리를 치기도 했지만 이미 말릴 수 있는 단계가 아니었다. 어머니도 이미 눈이 돌아간 상태였다. 다음 날 후텁지근한 날씨에도 사람들은 광주 대단지 출장소 뒷산으로 모여들었다. 삼만 명이 넘는 사람들이 손에 몽둥이며 곡괭이, 식칼까지 들고 있었다. 조그만 불씨에도 금세 폭발할 것 같은 분위기였다. 그날 서울 시장은 광주에 왔지만 몇몇 사람만 만나고 그대로 돌아갔다. 군중 사이에서 시장이 약속해 놓고 아예 오지도 않았다는 소문이 퍼지자 사람들은 곧바로 폭발했다. 그대로 출장소로 달려가 집기를 부수고 불을 질렀다. 출장소에서 검은 연기가 치솟자 사태는 순식간에 폭동으로 치달았다. 당시 공무원들이 주로 타고 다니던 지프차와 경찰차를 불태우고 경찰서를 습격하였다. 지나가던 버스와 트럭을 빼앗아 플래카드를 붙이고 거리를 내달리기도 했다. 사람들이 서울로 진격하려 하자 경찰들이 까맣게 몰려와 최루탄을 쏘아 댔다. 그에 맞서 투석전이 시작되었고 수진리 고개에 있던 주유소까지 불길에 휩싸였다. 그리고 그 와중에 참외를 가득 실은 트럭이 지나가다가 전복되었다. 정오가 지나면서 시작된 빗줄기가 굵어져 바닥은 온통 진흙으로 질척거렸다. 이른 아침부터 나와서 굶주린 사람들에게 참외는 그야말로 꿀맛이었다. 달려든 사람들이 진창에 떨어진 참외를 들고 우적우적 먹어 댔다. 마침 어머니도 바로 그 옆에 있었다. 정신없이 참외를 베어 먹다가 생각할 새도 없이 두 개를 움켜쥐고 집으로 내달렸다고 했다. 바로 내 기억 속에 최초로 남아있는 참외가 바로 그것이었다. 그날 아버지는 시위 구경을 갔다가 연기가 솟는 것을 보고 그들과 합류하는 대신 집으로 돌아왔다. 오면서 소주를 사 병나발을 불고 취해서 쓰러졌다. 나는 자꾸만 나가려는 동생을 주저앉히며 눈물을 찍어 내고 있었다. 그날이 세상의 마지막처럼 느껴졌다. 그런데 천만 뜻밖에 어머니가 돌아온 것이었다. 숨을 헐떡이며 손에 참외 두 개를 들고.

그날의 시위는 서울시가 무조건 주민들의 요구를 수용하겠다고 발표한 오후 다섯 시까지 여섯 시간 정도 이어졌다. 결과적으로 주민들의 승리였다. 어머니가 대열에서 이탈하여 집으로 돌아온 일로 어떤 비난을 들었는지 나는 알지 못한다. 어머니와 플래카드를 만들었던 몇몇이 구속되었다고 했다. 그 후로 어머니는 일체 동네일에 나서지 않고 열심히 장사만 했다. 때로는 동생을 업은 채 사과를 이고 다니며 팔기도 했다. 나는 여전히 학교에 다녔고 여전히 말수가 없었다. 거의 매일 고물상으로 가서 만화책에 더해 조잡한 잡지책까지 읽어 댔다. 그 방만이 내게 허락된 지상의 작은 낙원이었다. 우리가 다시 고향으로 돌아온 것은 이듬해인 1972년이 다 저물어 가던 십이 월이었다. 그러니까 삼년 남짓 만이었다. 당시 우리는 시골집을 처분하지 않고 그대로 두고 갔었는데 그 유명한 1972년 남한강 대홍수로 집이 폭삭 무너져 버렸다. 전화위복이라고나 할까. 독일의 어느 천주교 재단에서 가난한 나라에서 재난을 당한 불쌍한 농민들을 돕자는 운동이 일어났고 당시로서는 어마어마한 액수의 돈이 천주교 원주교구를 통해 지원되었다. 그리고 그 돈으로 집을 잃은 사람들에게 새 집을 지어주었다. 그리 크지는 않았지만 열 평쯤 되는 슬레이트를 얹은 신식 양옥이었다. 시골에 새 집이 생기자 자연스럽게 수진리를 떠날 생각을 하게 되었다.

"그냥 살다간 느 아부지가 페인이 되겠드라. 오만 정이 다 떨어지기두 했구. 글고 애비가 우리 집 대준데 노상 시난고난허니께 못 살 데구나 싶었제."

내가 자주 아팠던가. 그랬던 것 같다. 어쨌든 우리는 돌아왔고 그 후로 특별할 것 없는 밋밋한 삶을 살았다. 아버지는 다시 근실한 농군이 되었고 조금씩 땅을 늘려 과수원을 일구었다. 단 한 번의 타향살이가 우연히 수진리였고 어머니로서는 처음이자 마지막으로 어떤 격랑 속에 들어가 본 시간이었다. 나에게도 적잖은 생의 의미가 된 곳이기도 했다.

찬밥을 누룽지처럼 끓여 어머니와 나누어 먹고 자리에 누웠지만 쉽게 잠이 오지 않았다. 아내가 전화를 한 건 열한 시가 넘어서였다.

"반찬 두어 가지 해 났어. 시내 나오는 길에 가져 가."

목소리에 술기운이 묻어났다. 술을 거의 하지 못하던 아내는 직장에 다니며 늦게 술을 배웠다. 친구를 따라 여러 차례 공장을 옮겼기 때문에 지금 무슨 일을 하는지 나는 알지 못한다. 굳이 물어볼 일도 아니다. 전화를 끊고 다시 누웠는데, 이상했다. 아내가 사는 집이 어디인지 도무지 생각이 나지 않았다. 나는 벌떡 일어나 앉아 머리를 감싸 안았지만 한동안 함께 살았고 지금도 가끔 찾아가는 그 아파트가 어딘지, 아파트 이름조차도 까맣게 떠오르지 않았다. 섬뜩한 마음이 들어서 다시 생각을 가다듬어 보았으나 자꾸만 떠오르는 것은 그 어둠이 짙어가던 수진리 고개, 버스를 기다리던 어린 소년의 모습뿐이었다.

소설을 쓰다가 생각이 막힐 때면 나는 충주에서 청풍으로 이어지는 호반 길을 달리곤 한다. 봄이면 찬란하도록 희게 부서지는 벚꽃의 터널을 지나고 늦가을이면 진경산수가 병풍처럼 따라오는 길, 그 정겨운 구비 길을 시속 30킬로 정도로 느릿느릿 돌아서 찾는 곳은 늘 월악산 송계 계곡 민박집이다. 민박집 주인은 말없이 너그럽고, 하루 한 번 직접 콩을 갈아 만드는 두부 냄새가 고소하게 감돈다. 방금 누른 두부 한 접시 들고 너럭바위 앉으니 흐르는 물소리에 홀로 술 한 잔을 기울이다보면 문득, 세상사가 바람 속의 티끌 같다. 무엇을 바라고 이 몽매의 어둠 속을 헤매는 것인지. 하룻밤 자는 동안 밤새 물은 지저귀며 내 안으로 스며들어 흥건해졌다. 나는 또 한 계절을 살아갈 힘을 얻는다. 후회와 부끄러움이 결국 내가 산 한생이었다.

2020년 그리움도 피어나지 않는 봄날
최용탁

홍명진

미조

홍명진

2001년 제10회 전태일 문학상 수상

2008년 『경인일보』 신춘문예 당선

제10회 사계절 문학상(2012), 제5회 백신애 문학상(2012), 우현 예술상(2013),

김용익 소설 문학상(2018) 수상

장편 소설 『숨비소리』, 『우주비행』, 『타임캡슐 1985』, 『앨리스의 소보로빵』

단편집 『터틀넥 스웨터』, 『당신의 비밀』

앤솔러지 『벌레들』, 『콤플렉스의 밀도』 외 다수

연주에게 '카페 온'까지 가는 길은 수월치 않았다. 현숙이 휴대폰 길 찾기 앱을 이용하라고 했지만 문제는 그게 아니었다. 연주는 자신의 방향 감각을 믿을 수 없었다. 연주의 휴대폰엔 그런게 깔려 있지도 않지만, 문자가 아닌 것을 해독하는 것도 힘들었다. 연주는 옛날부터 약도를 보는 것에 취약했다. 동서남북으로 곁가지를 치면서 뻗어 나간 그림은 해독 불가의 상형 문자처럼 느껴졌다.

카페 온은 K 역 2번 출구가 기점이었다. 2번 출구에서 100여 미터쯤 직진하면 산업 단지와 아파트 단지를 분리하는 근린공원이 조성돼 있고, 공원 외곽 산책로를 따라 올라오다 보면 요양 보호 센터, 그다음 블록이 시작되는 지점에 카페 온이 있다고 했다.

하여간 넌 옛날에도 길치더니 여전하구나.

현숙은 장황하게 설명한 후 문자로 다시 보내 주겠다고 했다.

연주에게 그보다 더한 문제는 언제나 시간이었다. 마음먹을 시간, 실행에 옮길 시간. 그것이 오래된 과거의 답사라면 더욱더 그랬다. 꽤 오랜 시간 동안 현숙과 간헐적인 소통을 이어오면서 한 번도 얼굴을 맞대지 못한 이유다.

연주의 집에서 카페 온까지는 복잡한 세 번의 환승이 걸려 있었다. 이동 시간도 만만치 않았다. 수원과 인천의 경로를 머릿속으로 그려 보면 말굽자석이 떠올랐다. 끌어당기는 힘이 영원히 평행으로 뻗어 나가 결코 다시 붙을 일이 없을 것만 같은 평행선. 더구나 K 역은 연주가 한 번도 이용해 보지 않은, 예전엔 없던 노선이었다. 환승역을 놓치지 않기 위해 신경을 곤두세워야 하는 전동차 안에서 연주는 자리에 앉을 때마다 깜빡깜빡 졸았다. 졸다가 안내 방송 소리에 본능적으로 눈을 뜨곤 했지만 내려야 할 역이 아님을 알고는 이내 병든 닭처럼 꾸벅꾸벅 졸았다. 구간마다 구멍 뚫린 잠 속에서 밟아 보지 못한 동네가, 새로 생긴 플랫폼이 지나갔다. 창밖으로 흘러가는 구름이라든지 번들거리는 유리벽으로 치장된 낯선 건물, 혹은 그 사이에 낀 오래된 간판이나 전동차 안의 사람들조차도 꿈속에 스쳐가는 일인 듯 느껴졌다. 연주는 며칠씩 계속되는 장거리 여행에서나 받을 법한 여독에 휩싸인 듯했는데, 실은 이렇듯 덮치는 쪽잠이 근래 들어 가장 달콤한 잠이었다. 찔린 듯이 놀라 깨어 보니 어느덧 K 역에 가까웠는데 난간 끝에 매달린 꿈에서 살아난 것처럼 아슬 아슬한 타이밍이었다.

카페 온은 건물과 건물 사이 모퉁이에 끼여 있었다. 다섯 평 남짓한 공간은 묘한 삼각형 구조로 출입문은 경첩을 달아 만든 특이한 접이식 형태였다. 삼각형의 꼭짓점에 해당하는 공간에 주방 시설을 들이고 커피 머신을 배치하고 선반을 얹었는데, 주 방으로 드나드는 곳엔 원목 스윙 도어가 달려 있었다. 한 사람이 움직이기도 불편해 보이는 주방이지만 허튼 구석 없이 알뜰함과 꼼꼼함이 느껴졌다.

원래는 창고였던 공간을 순전히 현숙의 아이디어로 리모델링 했다고 한다. 현숙은 보증금과 월세가 싼 가게를 물색하던 중이 었고, 마침 아는 사람의 소개로 주인을 만나게 되었는데 창고에 다 카페를 연다고 하니 주인조차도 난색을 표했다. 다 허물어져 가는 농가도 남편이랑 둘이서만 손봐서 살았는데 이깟 건 일도 아니었지 뭐. 현숙은 헐헐하게 웃으며 말했다. 현숙이 남편과 귀 촌한 건 십여 년 전이었고, 암으로 남편이 세상을 떠난 건 삼 년 전이었다. 남편의 손때가 묻은 집에는 정나미가 떨어져 버렸고, 아직 살날이 창창한 현숙은 마음이 떠나 버린 집을 정리하고 어 디든 가야 했다. 서울은 집값이 높아 들어갈 수 없고, 돌아온 곳이 이곳이라고 했다.

연주는 방문 기념으로 사온 조그만 화분을 테이블 위에 얹어 놓았다. 노란 꽃이 핀 싱싱한 카랑코에는 얼기설기 엮은 라틴 바구니에 앙증맞게 들어 있었다. 아유, 예쁘네. 시골에서도 이런 화분은 안 키워 봤는데. 현숙이 꽃바구니를 보며 말했다. 키우기 쉽다고 해서 산 거야. 연주도 헐렁하게 웃으며 대답했다. K 역에서 나오는 순간 연주는 한 번도 와 본 적이 없는 낯선 곳이라는 걸 알았다. 인천이 얼마나 넓은데. 중얼중얼 혼잣말을 하며 꽃집부터 찾았다. 다행히 K 역 출구 근처에서 조그만 꽃집을 발견했다. 카페 온에 어울릴 만한 화분을 찾느라 한참 고심한 끝에 골랐다. 꽃이야 꽃값보다 화분이나 바구니 따위의 장식용품 값이라는 건 알지만 집에서라면 절대로 바구니째 사지 않았을 꽃을 사고 보니 현숙에게 뭔가를 선물해 본 기억이 없었다. 그러고 보니 현숙과 보낸 청춘 시절이 이 꽃바구니에 재단된 꽃 같다는 생각이 들었다. 세상이 운명을 시험하는지도 모르던 그때, 스스로 빛을 발하면서도 그 눈부심이 마냥 초라하게만 보였던 엽기적인 시절이었다.

꽃바구니 놓을 자리를 찾으며 현숙은 창고를 카페답게 꾸미는 데 들인 시간과 노력에 대해 한참을 더 떠들었다. 쓰레기 더미처럼 쌓여 있는 짐을 치우고 먼지를 털어 내는 데만 꼬박 일주일, 시멘트 벽 칠부터 바닥 미장 공사까지 또 며칠, 카페 온이 탄

생하는 데는 한 달이나 걸렸다고 했다. 연주는 우둘투둘한 시멘트 벽을 손으로 쓸어 보았다. 페인트칠로 마감이 되었지만 거친 질감이 그대로 살아 있었다. 그게 멋이야. 빈티지한 느낌을 그대로 살리는 거. 뭐 마실래? 현숙이 주방에서 물었다. 먹고는 살만해? 연주는 엇박자를 놓듯 물었다. 인건비가 안 나가니까. 카푸치노 마실래? 연주는 가게 안을 다시 한번 둘러보며 응, 하고 대답했다.

현숙이 시나몬 가루까지 얹은 카푸치노를 테이블에 놓자 가게 안에 들어와 줄곧 서 있었던 연주도 그제야 자리에 앉았다. 실핏줄 같은 햇살이 가닥가닥 사면으로 비치듯 유리창을 쏘고 있다. 오후 두 시, 아직은 찬 기운이 다 가시지 않은 봄 햇살이다. 아침을 거른 채 나온 연주는 빈속에 진한 시나몬 향이 나는 커피를 한 입 물고 오래도록 입안에서 굴린다. 몽롱하게 굴러가던 의식이 살아 돌아오는 듯했다. 여기 오랜만이지? 불현듯 묻는 현숙의 말에 연주는 고개만 끄덕인다. 이곳을 떠난 뒤로는 한 번도 발을 디뎌 본 적이 없다는 말은 뱉지 않는다.

내가 처음으로 1호선을 타고 내린 게 동인천이었어. 청량리에 있는 사촌언니 집에서 이 년인가 살았지. 청량리에서 전철을 탔는데 어찌나 멀던지 엉덩이가 아파서 앉아 있을 수가 없었다니까.

연주는 처음 듣는 얘기였다. 현숙의 고향이 안동이란 것은 알았지만 청량리 얘길 한 적이 있었던가 하는 생각에 빠져 있는데,

그때 처음 맡았던 냄새가 지금은 없다고 현숙이 말한다.

　무슨 냄새?

　갯내.

　갯내?

　바람결이 서울이랑은 확실히 달랐거든. 바다는 보이지 않는데 젓갈 비린내 같은 특유의 냄새가 났어. 인천이 항구라는 게 온몸으로 다가왔지. 안동 촌것이란 게 단박에 표가 났단 말이지. 그런데 다시 돌아와 보니 그 냄새를 맡을 수가 없네. 건물의 밀도가 조밀하고 공기는 그만큼 혼탁해졌고, 갯가는 더 멀어진 것 같고.

　연주에겐 아주 먼 옛날의 인천을 얘기하고 있는 듯이 들렸다. 식민지의 개항장 역할을 하던 인천이랄까, 경성에서 경인선 철도를 타고 관광차 제물포를 찾던 개화기 시절의 이미지가 문득 떠올랐다. 아무튼 갯내를 단번에 이색적으로 맡을 수 있었던 그 시절, 사방 각지에서 모여든 청춘들 속에 연주도 있었다.

　연주는 봉제 제품 공장에 다녔다. 처음에는 남성복 바지를 만드는 곳에서 일했다. 절개선을 따라 재봉 가위로 바지 주머니의 입술을 따는 일부터 배웠다. 한 치의 오차도 없이 정확하게 가위질을 해야만 했다. 하루에 수백 장씩 연주가 가위질을 해 놓은 절개선을 안으로 말아 넣고 박는 작업은 미싱사가 했다. 잔업은 필수였다. 작업장 앞에 걸린 작은 칠판에는 그날 빼야 할 물량이 적혀 있었다. 저녁은 점심시간보다 짧았고, 잔업이 시작되면 그나마 점심 전후로 10분씩 주어지던 휴식 시간도 없이 드르륵거리는 재봉틀 소리만 들릴 정도로 숨 쉴 틈이 없었다. 하루 종일 무거운 재봉 가위를 잡은 연주의 손가락엔 물집이 가라앉아 굳은살이 박였다.

그다음에 간 곳이 잠바를 전문으로 만드는 공장이었다. 전체 인원이 고작 열한 명이었던 바지 공장보다 규모가 훨씬 큰 곳이었다. 연주는 제2 작업장에 배치되어 소매의 시보리 돌리는 일을 맡았다. 가위질은 아니었지만 여전히 시다였다. 잠바의 몸판을 붙이는 작업은 A급 미싱사들의 몫이었고, B급은 소매를 달았다. 소매가 달린 잠바의 손목 단을 돌리는 일을 시보리 작업이라고 했다. 고무 밴드를 끼우고 감을 말아 넣어 한 방향으로 단번에 드르륵 돌리는 단순 공정이었지만 그 일이 손에 익기까지 자투리 천에다 수없이 박음질 연습을 해야만 가능했다. 잠바 공장에서도 어김없이 잔업 할당이 있었고, 노조가 없는 작업장이었다.

연주는 노동조합 준비 모임에 가담하는 한편 공장 밖 여성 노동자들이 모이는 소모임도 하고 있었다. 부평, 산곡동, 주안 공단, 제물포 등지에 있는 작은 작업장부터 큰 공장까지 작업장은 달랐지만 노동자라는 이름표를 달고 있었다.

그곳에서 현숙을 만났다. 그녀는 주안 공단 전자 부품 공장에서 포인트 끼우는 일을 하고 있었다. 소모임에서 작업장 소식을 공유하고, 책도 같이 읽고, 철학 공부도 하고, 매월 회비를 내서 나름대로 조촐한 소식지도 만들었다. 소모임이 점점 커져 구성원이 서른 명에 육박한 적도 있었지만, 열심히 모이는 사람은 열댓 명 안팎이었다. 전국적으로 행해지는 서울 집회에 참석하기도 하고, 투쟁 사업장이 있으면 연대도 갔다.

그 시절 연주에게 가장 시급한 문제는 주거 공간이었다. 시골에서 올라온 지 몇 년이 지나는 동안 방 한 칸 얻을 돈을 모으지 못해서 친구들 방을 전전했다. 시골에 있는 부모님에겐 손 벌릴 처지가 아니었다. 연주의 아버지는 당신 입으로 들어가는 술값이나 챙길 줄 알았지 식구들에게는 무책임했고, 오로지 어머니 노동으로 겨우 고등학교를 졸업하고 무작정 집을 떠났으니까. 다시 집으로 돌아갈 수 없다면 악착같이 이 도시 어딘가에 붙어 살아 내야 했다. 소모임에서 동갑내기인 현숙을 만나 동거하지 않았다면 떠돌이 생활은 계속되었을지도 모른다.

예전 모임방이 있던 동네에 가 봤더니 완전히 천지개벽이 됐더라. 일대가 싹 헐리고 아파트가 들어서서 아예 지형까지 바꿔 놓은 것 같아.

커피잔 바닥으로 가라앉은 거품을 훑으며 현숙이 무심한 듯 말한다.

변했겠지, 흘러간 세월이 얼만데.

무심을 가장했지만 연주의 목소리는 흔들리고 있었다.

모임 방은 한 시민 단체가 입주해 있는 건물 지하 1층에 있었다. 월세 사용료 없이 소액의 관리비만 내고 사용했던 공간은 허름했지만 아늑했다. 넓은 회의실 한 칸과 거실이 전부인 공간에 간단하게 주방 설비를 했다. 그러고 보니 그때 모임 방이 있던 지하에서 1층으로 오르내리는 계단참에 전깃불을 단 것도 연주네가 한 일이었다.

그땐 모이면 뭘 만들어 먹느라 부산을 피웠는데. 너랑 마주 앉아 있으니까 그때 생각이 나네. 하여튼 우린 그때 많이들 해 먹었어. 뭘 하든 배가 고팠고.

현숙의 말에 연주는 가만히 고개만 끄덕인다.

그땐 모이면 으레 뒤풀이가 이어졌고, 뭐든 해 먹어야 직성이 풀렸다. 큰 들통에 백숙도 끓여 먹고, 보름에는 오곡밥도 해 먹었다. 뒤풀이 때 먹는 찌개나 부침개도 직접 만들어 먹었다. 재료를 다 갖출 때도 있었지만, 재료가 없으면 없는 대로 뚝딱뚝딱 만들어 먹었다. 맛은 보장되지 않았지만 맛있다는 소리를 연발해 가며 먹었다. 음식은 하겠다고 나서는 사람이 주도했지만 공동 공간에선 뭐든 함께하는 게 원칙이었다. 다 같이 장을 보고, 음식을 만들고, 다 같이 상을 펴고, 다 같이 방을 쓸고 닦고, 설거지를 했다.

그때 많이 해 먹었던 간장 비빔국수, 생각나지? 그거 미조 개가 잘 만들던 음식이었는데. 난 처음 먹어 보는 맛이었거든.

기어이 현숙의 입에서 미조라는 이름이 나왔을 때 연주는 순간적으로 강한 전류 같은 것이 전신을 훑어 내리는 듯한 느낌에 사로잡혔다. '그것'이 올 때 찾아오는 전조 증상과 비슷했다. 연주는 미간에 잔뜩 힘을 준 채 상체를 꼿꼿이 세우고 천장을 쳐다봤다.

 그때 마침 손님이 들어와서 현숙이 자리에서 일어났다. 손님은 개를 끌고 온 젊은 여자였다. 트레이닝복 차림의 여자는 알록달록한 목줄을 잡고 주방 앞에 서서 기다렸다. 뜨거운 아메리카노 한 잔을 건네받은 여자는 인사도 없이 가게를 나갔다. 주방 앞 테이블에는 빵 바구니가 놓여 있었는데, '우유, 계란, 버터, 방부제가 없는 통밀 빵입니다.'라는 문구가 적혀 있었다. 저 빵은 유통기한이 짧겠네. 주방 쪽을 쳐다보던 연주가 물었다. 그래도 찾는 손님들이 꽤 있어. 빵 먹을래? 현숙이 물었지만 연주는 고개를 저었다. 우리 가게의 경쟁력이 뭔 줄 아니? 코앞이나 옆구리나 카페가 더 생길 가능성이 없다는 게 포인트야. 연주가 앉아 있는 테이블로 돌아오며 현숙이 말했다.

 두 사람은 테이블에 턱을 괴고 나란히 문밖을 바라본다. 공원의 엉성한 숲 너머 공장 지대의 낮은 지붕 라인이 물결처럼 보였다. 거기 어딘가에 연주가 두고 온 시간들이 있을 것만 같았다.
 가끔 미조 생각을 했었어. 그 애만 그렇게 가지 않았다면 사는 게 조금은 가벼워졌을까?

연주는 두 손바닥을 펴서 빤히 바라보며 중얼거리듯 낮은 소리로 말한다. 가슴속에 담은 지 오래된 말이다. 현숙의 입에서 미조 얘기가 나오지 않았다면 연주는 결코 그 이름을 꺼내지 않았을 것이다. 그랬다. 최근엔 그것이 올 때마다 한 번씩 연주는 지난 시간의 소용돌이 속에 휘말려 들어가는 듯했다. 잊고 싶었으나 결코 사라지지 않을 기억, 어쩌면 그것은 그런 것들을 한꺼번에 몰고 어디에선가부터 시작되었는지도 모를 일이다.

사고였잖아. 나도 다 잊어버린 줄 알았는데 여기 오자마자 그 생각부터 나더라. 눈에서 멀어지고 환경이 달라지니까 생각이고 뭐고 안 나더니. 그때 생각하면 지금도 심장이 쿵 하고 떨어질 때가 있는데 너라고 왜 안 그렇겠어. 걔가 너를 많이 따랐잖아.

현숙의 말처럼 미조는 연주를 졸졸 따라다녔다. 연주가 있는 곳엔 어김없이 미조가 있었다. 미조는 연주가 알고 있던 몇 안 되는 이곳 출신이었다. 작업장에서도 이곳 출신은 흔치 않았는데 소모임 구성원 중에서는 그 애가 유일했다. 가까이 집을 두고 밖으로 돌듯이 모임 방에 애착이 유별했던 미조는 연주가 아니었다면 소모임엔 가담하지 않았을 것이다.

현숙의 말대로 그건 사고였다. 세상엔 상상하지도 못했던 일들이 얼마나 많이 일어나는가. 사고 소식을 들었을 때 연주는 악몽을 꾸고 있다고 생각했다. 실제로 연주가 깊은 잠에 빠져 있었던 한밤중이었고 머리맡에서 울리는 전화벨을 자명종 시계의 알람 소리인 줄 알고 미적거리다가 겨우 전화를 받았다.

그때 연주에게 전화를 건 사람은 누구였던가? 까맣게 타 버린 필름처럼 그날의 일은 군데군데 기억이 지워지고 없다. 어떻게 미조가 실려갔다는 병원까지 달려갔는지도 기억나지 않는다. 그때 현숙이 옆에 있었던가? 그날의 사고에 대해 연주가 알고 있는 사실은 모두가 알고 있는 사실과 다를 바 없다. 모임 방에서 혼자 밤을 보내던 미조가 커피 물을 끓이기 위해 가스레인지에 불을 붙였다고 했다. 가스레인지는 모임 방에 주방 설비를 할 때 이웃에서 내놓은 중고품을 얻어 온 것이었다. 이 년이나 넘게 아무 탈 없이 사용했다. 그 가스레인지로 음식을 만들고 온갖 것을 끓여 먹었으니까. 가끔씩 점화가 잘 되지 않아 라이터로 점화를 한 적은 있었다. 미조도 그랬다고 했다. 가스레인지에…… 라이터로 불을…… 커피를 마시고 싶어서……. 구급차에 실려 가면서 미조가 했다는 말은 미조가 세상에 남긴 마지막 말이기도 했다.

가스레인지가 폭발하던 순간 한쪽 창문이 날아갔다. 불기를 뒤집어쓴 미조는 지하에서 1층까지 계단을 엉금엉금 기어 밖으로 나왔다고 했다. 좁은 입구까지 나와서 널브러진 미조를 발견한 사람은 누구였던가. 밤낮의 일교차가 심하던 가을이었고, 1층 사무실엔 아무도 없었다. 주변의 건물들도 거의 문이 닫혀 캄캄

한 어둠뿐일 때였다. 연주는 아무것도 보지 못했다. 병원으로 실려 간 미조가 사흘을 버티지 못하고 화상 쇼크로 숨을 거둘 때까지 중환자실 문밖에서 그 애를 바라만 봤으니까.

연주는 눈앞에서 흐릿하게 번지는 창밖 풍경을 바라만 본다. 그날 밤, 미조가 혼자서 모임 방에 간 건 자신의 탓이라는 말은 끝내 뱉지 못한다. 사고가 일어나기 전날 퇴근길에 미조와 집으로 왔더라면 그런 일은 일어나지 않았을지도 모른다.

연주의 몸이 약간씩 흔들리기 시작했다. 그 흔들림은 너무나 익숙한 것이면서 낯설고 또한 두려웠다. 연주는 양손으로 관자놀이를 지그시 누르며 마치 꿈속에서 흔들림을 감지할 때와 같은 느낌을 떨쳐 버리려는 자세를 취한다. 어디가 아파? 현숙이 걱정스러운 목소리로 물었다. 아냐, 아무것도 아냐. 안심하라고, 괜찮아질 거라고 자신에게 주문을 걸 듯 연주는 연거푸 말했다. 식은땀이 배어 날 듯 몸이 떨렸지만 견디지 못할 정도는 아니었다. 그때 한 무리의 손님들이 들어와 안쪽 테이블에 자리를 잡았고, 손님들에게 인사를 하며 현숙이 자리에서 일어났다.

덩치 큰 중년 남자 넷은 사인용 테이블 두 개를 차지했다. 세 남자가 다리를 쩍 벌린 채 앉아서 떠들기 시작했고 자리에 선 한 남자가 주방으로 다가가 현숙과 마주 보며 커피를 주문했다. 주문을 맡은 남자는 카페 온 단골인 듯 보였다. 테이블을 차지하고 앉은 남자들의 목소리가 공간을 잡아먹을 듯 쩌렁쩌렁했다. 연

주는 마치 개들의 하울링을 들을 때처럼 울렁거림을 느꼈다. 그
건 아닐 거야, 아니겠지. 스스로를 진정시키듯 연주는 낮은 소리
로 중얼거렸다. 주문을 마친 남자가 테이블로 돌아가자 연주는
자리에서 일어나 주방으로 다가갔다. 연주는 스윙 도어에 간신
히 몸을 기댄 채 커피를 내리고 있는 현숙을 빤히 쳐다보았다.

왜, 커피 한 잔 더 줘?

아니. 이제 가 봐야 될 것 같아.

벌써 가려고?

커피를 내리느라 바쁘게 손을 놀리던 현숙이 놀란 목소리로
물었다.

손님들 있는데 방해되잖아.

뭘 벌써 가려고 그래. 저녁은 먹고 가야지.

현숙이 당황해 하며 말렸지만 연주는 다음에 또 보자는 말을
남기고 서둘러 카페를 나왔다. 현숙이 뒤늦게 따라 나와 부르는
소리가 들렸지만 연주는 잠깐 멈춰 선 채 뒤돌아 손을 흔들었다.

카페 온에 다녀온 다음 날 연주는 자리에서 일어나지 못했다.
카페 온에서 시작된 흔들림이 우려했던 그것이라는 걸 잠에서
깨는 순간 깨달았다. 새벽까지 잠을 못 이뤄 이리저리 뒤척이다
겨우 잠에 빠져들었는데 어쩌면 어지러운 꿈에 시달리는 중에
다시 시작되었을지도 모를 일이다.

연주가 눈을 떴을 때 집은 고요했다. 남편이 빠져나간 흔적이 고스란히 남아 있는 이부자리 위로 햇살이 희미하게 비치다 사라졌다. 아침에 아이와 남편이 나가는 소리를 듣지 못한 걸 보면 잠을 자긴 잤었나 본데 알록달록한 만화경 속에서 나온 것처럼 머릿속은 요란하게 날뛰고 있었다.

연주는 몸을 움직여 보았다. 방바닥과 천장이 맞붙은 듯 어지러웠다. 사방이 15도쯤 기울어진 상자 속에 누워 있는 듯했다. 왼쪽에서 오른쪽으로 몸을 돌리자 다시 한번 기울어진 사방이 코끼리 발바닥에라도 밟히듯 심하게 흔들렸다.

증상이 시작된 건 이삼 년 전쯤이었다. 처음엔 위경련과 관련된 줄 알았다. 오랫동안 위염과 위궤양을 앓아온 연주는 연례행사처럼 응급실 신세를 지는 처지였다. 응급실행 이후 한두 달은 식이 요법을 지키며 약을 복용했고 좋아지면 다시 방심하게 되는 사이클이 반복되었다. 위궤양이 올 때마다 흔들림도 같이 왔다. 그러다 위궤양의 증상과는 상관없이 어지럼증이 시작됐고 한두 달 간격으로 짧게 지나가던 그것이 점점 빈도가 잦아졌다.

뒤늦게 동네 이비인후과를 찾은 연주는 그것이 이석증이라는 걸 알았다. 내이에서 떨어져 나온 돌이 이리저리 돌아다니면서 반고리관을 자극해 어지럼증과 구토 같은 증상들이 생깁니다. 그러니까 한마디로 평형 감각이 깨져서 생기는 증상들이죠. 정확한 원인은 밝혀지지 않았다고 의사는 말했다.

그날 연주는 30분가량 이석치환술 처치를 받았다. 진료실 한쪽에 놓인 베드에 누웠다. 의사는 손가락을 치켜세우고 눈동자를 모아서 똑바로 보라고 했다. 어지럽습니까? 의사가 물었다. 당연히 어지러웠다. 모아 뜬 눈이 정상인가? 눈동자가 터질 듯 아프기까지 했다. 의사는 어느 쪽으로 누웠을 때 어지럼증이 심한지 물었다. 연주는 왼쪽이라고 대답했다가 오른쪽이라고 대답하며 얼버무렸다. 의사는 양손으로 연주의 관자놀이를 잡고 오른쪽으로 홱 틀었다가 왼쪽으로 놓기, 왼쪽으로 틀었다가 오른쪽으로 놓기를 반복했다. 그 상태에서 5분간 꼼짝 않고 버티기가 반복될 때마다 속이 메스꺼웠다. 베드에서 내려왔을 때 연주는 다리에 힘이 풀려 휘청거렸다. 순 돌팔이야, 돌팔이. 맥없이 중얼거리며 집으로 돌아온 연주는 그날 밤 처방전대로 사온 약을 복용하고 가슴팍이 뜯기듯 아팠다. 참을 만큼 참다가 응급실에 들어갔다 나온 후로 더 이상 동네 이비인후과에는 가지 않았다. 한의원에서 면역 기능을 높이고 혈의 안정을 돕는다는 침도 맞아 봤지만 효과는 없었다. 복합적인 스트레스가 원인일 수 있다는 소견을 밝힌 한의사는 시간이 지나면 저절로 사라질 수도 있다고 했다. 시간이 지나면 저절로 사라질 수도 있다는 위약적인 처방에 이제껏 버텨 왔는지도 모른다.

　어차피 그것의 발병 원인도 알 수 없고 치료법도 확실하지 않다면 자가 치료로 마음을 다스려야 했다. 그것이 올 때마다 연주의 대처 방법은 '시체 자세'였다. 우선은 어지럼증이 최소한으로 느껴지는 자세를 찾는다. 왼쪽이나 오른쪽으로 모로 누운 자세일 때도 있고, 천장을 향한 반듯한 자세일 때도 있다. 그것이 어디에서 오는지 알 길이 없는 것처럼 어떤 자세가 가장 최적의 자세일지는 그때그때 달랐다. 자세를 찾은 다음에는 호흡을 고른다. 편안하게 눈을 감고 천천히 심호흡을 시작한다. 그러다 보면 스르륵 잠에 빠질 때도 있는데, 꿈을 꾸지 않는 게 중요하다. 혼란스럽게 꿈이 뒤엉키는 날에는 그것이 극에 달했다는 증거였다.

카페 온에 다녀온 뒤에는 그 어떤 방법도 소용없었다. 시체 자세를 잡아 봐도 안전한 곳에, 딱딱한 바닥에 닻을 내릴 수가 없다. 연주가 카페 온에 머물렀던 시간은 고작 두 시간 남짓이었는데 한 생을 돌아온 듯 아득했다.

연주가 잠바 시보리 돌리는 일을 마스터하고 잠바의 지퍼를 달게 되었을 때 미조는 연주가 앉았던 자리에 들어온 애였다. 작업대에 가득 쌓인 잠바 무더기에 가려져 고개를 푹 숙인 모습이 꼭 연주 자신을 보는 듯했다. 어느 날 연주는 구내식당에서 식판을 들고 자리를 찾아 두리번거리는 미조를 보고 비어 있는 옆자리를 가리켰다. 동료들이 친한 사이냐고 물었다. 그때까지 제대로 말 한번 섞어 보지 않았던 사이였다. 고마워요 언니. 미조가 환하게 웃으며 연주의 대답을 낚아챘다.

어떻게 단박에 언니라는 말이 튀어나올 수 있느냐고 연주가
묻자 헤헤거리며 웃던 미조는 저보다 언니잖아요, 맞죠? 하고 되
물었다. 그래 봐야 고작 두 살 차이밖엔 나지 않았다. 제 이름이
미조거든요. 근데 또박또박 미조라고 발음해도 미자냐고 되묻는
사람들이 많아요. 특이한 이름이긴 한가 봐요. 고등학교 졸업 앨
범을 싹 뒤졌는데 미조라는 이름은 저 하나밖에 없었거든요. 미
조는 묻지도 않은 말을 했다.

한 번 점심밥을 같이 먹은 뒤로 미조는 스스럼없이 연주에게
언니라고 부르고 아무 곳에서나 연주의 팔짱을 끼었다. 신체적
인 접촉으로 친밀감을 표현하거나 언니라는 말을 스스럼없이 쓰
는 건 그 애의 스타일이었다. 현숙의 말대로 미조가 연주를 잘
따르긴 했지만, 미조에겐 누구나 언니가 될 수 있었다. 그녀의
인사법인 '언니들 안녕'은 누구에게나 공평했으니까.

연주가 미조를 소모임에 데려간 것도 의도치 않은 일이었다.
연주가 퇴근 후에 모임이 있어서 먼저 간다고 말했더니 어디를
가느냐고 꼬치꼬치 캐물었다. 대답을 망설이던 연주가 같이 가
볼래? 하고 말하자 지옥에라도 따라갈 듯한 표정으로 매달렸다.
미조는 퇴근하는 동료들에게도 높이 손을 흔들어 인사하며 저
오늘 어디 가요, 라고 큰 목소리로 부르짖듯이 말했다.

어딜 가는 줄 알고 그렇게 좋아해?

언니가 가는 데면 다 좋아요.

연주는 미조를 빤히 쳐다보며 아, 이 속없는 애를 어떡해야 하나는 표정을 감추지 못했는데 지금 속으로 아, 앤 뭔가 그랬죠? 하고 되물어서 연주는 그만 웃음이 폭발해 버렸고 두 사람은 배를 잡고 웃었다.

미조는 소모임의 일원이 된 뒤에는 뭐든 열심히 했다. 연대 집회든 지역 행사에 참여하든 약방의 감초처럼 꼭 끼여 있었다. 특이한 건 미조가 옆구리에 끼고 사는 요리책이었다. 여성 월간지에서 발행하는 부록이었는데 어디서 구해 오는지 매월 다른 요리책을 진지하게 들여다봤다. 나중에 요리사가 꿈인 거냐고 물어보는 선배들도 있었다. 초등학생 때 제 꿈은 현모양처였어요. 웃기죠? 그 말에 옆에 있던 사람들도 와아, 웃음을 터뜨렸다. 현모양처가 뭔지도 잘 모르면서 그런 여자가 되어야겠다 생각하면서 꿈을 꾸었던 적이 있었다고요. 미조가 거의 울 듯한 표정으로 변명하는 바람에 또다시 웃음바다가 되었다.

정작 미조가 들고 다니던 요리책 속의 요리는 한 번도 얻어먹어 보지 못했지만 미조는 자기만의 손맛을 자랑하기도 했다. 현숙이 말한 간장 비빔국수였다. 모임이 끝나고 뒤풀이를 할 때 미조가 즉석 레시피로 만들어 낸 술안주였다. 비빔국수를 만들려고 국수를 삶았는데 골뱅이도 없고 식초도 떨어져 어릴 때 엄마가 자주 해 주던 비빔국수를 만들었다고 했다. 삶은 국수에 조림 간장과 설탕, 들기름을 넣고 무친 간장 비빔국수 맛은 예상과는 달리 묘하게 감칠맛이 있었다. 먹다 남은 조미 김이 있으면 비벼 넣고, 깻잎이 있으면 잘게 채 썰어 고명처럼 얹으면 그만이지만 없으면 없는 대로 맛있다고 손가락을 치켜세우자 미조는 요모조모를 더하거나 빼면서 한동안은 간장 비빔국수를 전담했다. 공부하는 것도 좋고, 연대하러 가는 것도 좋고, 회의하는 것도 좋지만요, 저는 다 같이 음식 만들어 먹을 때가 제일 좋아요. 진짜 사람 사는 맛이 나잖아요. 미조가 자주 하던 그 말에 선배들은 하나같이 목소리를 맞췄다. 그래, 사람 사는 세상이 우리가 만들고 싶은 세상이잖아.

어느 토요일 오후에 미조가 연주를 집으로 초대했다. 가끔씩 미조가 연주 방에 와서 자고 간 적은 있지만 미조가 집에 초대하기는 처음이었다. 특별한 날은 아니었을 것이다. 특별한 날이 아니어서 그런 일이 가능했다. 토요일마다 무슨 일인가가 기다리고 있던 때였다. 집회가 잡혀 있거나 소모임 행사가 있거나.

미조네 집은 공설 묘지가 보이는 산 아랫동네에 있었다. 버스에서 내려 걸어가면서 아버지는 일찍 돌아가셨다고 미조가 귀띔했다. 미리 알아야 할 정보라도 되는 듯이. 연주는 그저 고개를 끄덕였을 뿐 별다른 대꾸는 하지 않았다.

골목 입구에 놓인 평상에 동네 어른들이 모여 막걸리판을 벌이고 있었다. 아이 미조야. 부르는 소리가 나자 그냥 지나치려던 미조가 걸음을 멈추었다. 미조가 엄마라고 해서 연주는 길 한가운데 서서 꾸벅 고개를 숙여 인사했다. 미조 어머니는 바깥인데도 조끼가 달린 붉은색 뜨개 속치마 바람이었다. 흰머리가 드문드문 섞인 짧은 파마머리에 얼굴 피부가 거칠었다. 미조는 어머니를 골목에서 만난 게 당황스럽지도 않은지 태연하게 말했다. 이 언니랑 밥해 먹으려고. 미조는 한 손에 들고 있던 비닐봉지를 들어 보였다. 잡것. 애먼 사람 불러다 밥해 먹일 생각은 하면서 불쌍한 지 에미는 뭘 먹고 사는지도 모르지. 미조 어머니가 입을 씰룩거리며 말했다.

미조가 연주의 팔짱을 끼며 잡아끌었다. 평상이 있는 곳에서 조금 더 올라가 좁은 골목으로 꺾어들었다. 골목은 둘이 나란히 걷기에도 빠듯했다. 마주보고 있는 시멘트 담벼락이 거무스름했다. 골목의 막다른 집이 미조네 집이었다. 한쪽짜리 대문을 열자 마당이랄 것도 없이 바로 유리문 달린 마루가 보였다. 네댓 걸음 폭의 마당인데도 어수선하게 물건들이 잔뜩 쌓여 있었다.

방 두 칸짜리에 거실과 잇대어 살림살이가 훤히 보이는 주방이 있었다. 주방 벽에 붙여 놓은 식탁에는 온갖 것이 다 나와 빈 곳이 없었다. 미조는 식탁 위에 놓인 것들을 한쪽으로 밀어 놓고 비닐봉지를 내려놓았다. 언니는 손님이니까 가만히 앉아 있으면 돼. 미조가 주방 찬장을 뒤져 볼이 움푹한 프라이팬을 꺼내며 말했다.

그날따라 미조는 말이 많았다. 자기만의 방이 없어서 독립하고 싶은 게 꿈이지만, 보시다시피 소녀 가장 같은 처지라 집을 떠날 수가 없다고 했다. 두 개의 방 중에 하나는 어머니와 같이 쓰는 방이고 하나는 오빠 방이라고 했다. 오빠는 멀리 일을 가서 며칠은 집에 들어오지 않을 거라고 안심해도 된다며 쿡쿡 웃기까지 했다. 미조가 식탁 옆에 벗어 둔 가방에서 요리책을 꺼내 놓을 때는 생뚱맞다 싶을 정도로 우스운 상황이었지만 웃음이 나오지 않았다. 골목에서 만났던 미조 어머니의 말이 목에 걸렸고, 어딘가 모르게 편안하지 못한 곳에 왔다는 생각에 미조를 말리고 싶었다. 맛있는 밥은 안 먹어도 된다고, 맛있는 밥을 해 먹을 거면 나중에 모임 방에서 다 같이 해 먹어도 된다고.

그날 미조가 만든 음식이 뭐였는지 생각나지 않는다. 집에서 끓인 평범한 된장찌개나 김치찌개가 아니었던 것만은 분명한데다 차려진 밥상에 앉아 숟가락을 들 때쯤 대문이 떨어질 만큼 뺑차대는 소리가 났다. 연주는 놀라서 숟가락을 놓았다. 곧이어 마루문이 거세게 열렸다. 두 팔을 힘껏 벌려 양쪽으로 마루문을 밀어붙인 남자는 소리부터 꽥 질렀다. 뭣들 하고 있어. 그 소리에 놀라 연주는 자리에서 벌떡 일어났다. 그러자 미조도 따라서 자리에서 일어섰다.

술에 잔뜩 취해 나타난 남자는 미조 오빠였다. 신발을 신은 채 마루턱에 걸터앉은 남자는 온몸을 흔들어 가며 머리통을 문설

주에 쾅쾅 소리 나게 처박아 대기 시작했다. 그만해, 그만하라고. 미조가 소리쳤다. 그러자 남자는 마루턱에 반쯤 몸을 걸친 채 널브러졌다. 미조 어머니가 나타난 건 미조가 씩씩거리고 있을 때였다. 집구석 자알 돌아간다, 에미 앞에서 술 처먹고 뻐드러져 누운 아들이나 골질이나 부리는 딸년이나. 미조 어머니 입에서도 술 냄새가 났다. 미조 어머니가 누워 있는 아들의 옆구리를 발로 툭툭 치자 그는 투레질하는 아이처럼 얼굴을 사방으로 돌려가며 이상한 소리를 내뱉었다. 그런 일이 한두 번은 아닌 듯했다. 미조는 밥상을 치우며 자꾸만 미안하다고 했다. 미조가 어머니와 힘을 합쳐 마룻바닥에 누운 오빠를 질질 끌고 작은방에다 눕히고 나서야 미조와 집을 나올 수 있었다.

그날 미조와 동네 골목을 이리저리 걸어 다녔다. 연주는 방향감각도 없이 낯선 동네를, 미조의 발길이 닿는 데로 말없이 따라 걸었다. 어느 길목에선가 터진 길에서 다시 미조네 집 앞, 평상이 놓여 있던 길목을 지나간 적도 있었는데 머릿속에 엉긴 길은 하나도 눈에 들어오지 않았다.

미안해요, 언니.

버스 정류장에 섰을 때 미조가 또 미안하다고 말했다.

아니야, 미안하긴. 괜찮아, 괜찮아.

연주는 미조에게 무슨 말인가를 해 주고 싶었지만 미조의 손만 잡아 주었을 뿐이다.

그 일이 사고가 나기 며칠 전의 일인지, 그보다 훨씬 전의 일인지 연주의 기억은 분명하지 않다. 미조네 집을 방문한 건 한 번뿐이었고, 그 장면은 사고가 나던 즈음과 뒤엉켜 특정된 기억이다.

연주는 도대체 그것이 어떻게 다시 시작되었는지 알 수 없다. 오랫동안 단절된 채 쌓여 온 시간들이 만들어 낸 미세한 반란의 파동은 아닐까. 연주는 몸을 일으켜 본다. 아직은 흔들림이 멈출 기미가 없다.

사고가 나기 전날 밤은 잔업이 있어서 그날따라 퇴근이 늦었다. 미조가 쫄랑거리며 달려와 연주의 팔짱을 끼며 오늘 언니네 집에서 자도 돼, 라고 물었다. 연주는 대답하지 않았다. 연주에겐 혼자만의 시간이 필요했다. 왠지 지친다는 생각이 들었다.

혼자 갈까?

중얼거림처럼 미조가 말했던 것도 같다.

버스 정류장까지 왔을 때 두 사람은 말없이 버스를 기다렸다. 연주가 타야 할 버스가 먼저 왔고 연주는 혼자서 버스에 올랐다. 정류장에 선 채로 미조가 손을 높이 뻗어 흔들었다. 대답을 하지 않았던 연주는 미조를 향해 크게 손을 흔들어 화답할 수가 없었다. 버스가 출발하기 전에 타, 라고 소리치고 싶은 걸 꾹 눌러 참았다. 그 길로 미조는 집으로 돌아가지 않고 혼자 모임 방에 갔을 것이다. 공동으로 사용하는 열쇠는 지하로 내려가는 계단 입구의 커다란 고무나무 화분 밑에 있었다. 공간이 필요한 사람은 언제든지 이용할 수 있도록.

미조의 노제를 지내던 날은 바람이 많이 불었다. 먼지바람이 불던 골목길에 허술하게 붙은 간판들이 덜컹덜컹 소리를 냈다. 좁은 이면 도로가 구경꾼들로 꽉 들이차서 차들이 지나다니지 못했다. 울음 섞인 목소리로 조시를 읽어 내려가던 사람이 누구였는지도 기억나지 않는다. 길바닥에 놓여 있던 검은 천을 뒤집어쓴 관만 눈앞에서 일렁거린다.

운구 행렬이 지나가고 난 뒤에 연주는 그제야 건물 지하로 내려가 보았다. 불에 타다 만 탁자와 집기들이 아무렇게나 널브러져 있고 터진 창문 쪽이 검게 거슬려 있었다. 검은 구멍처럼 뚫려 있던 깨진 유리창 너머로 찬바람이 새어 들었다. 연주는 숨을 쉴 수가 없어 바깥으로 뛰쳐나왔다. 그새 노제 행렬이 지나간 건물 앞은 텅 비어 있었다. 길 건너편에 문이 열려 있던 대흥 슈퍼마켓. 채소와 생선, 온갖 잡품을 취급했던 슈퍼마켓은 굴속처럼 안으로 들어갈수록 공간이 넓어지는 특이한 형태였다. 꽝꽝 언 동태를 토막 치던 뭉툭한 생선 칼이 박힌 채 문밖에 놓여 있던 둥근 나무 도마, 그 옆에 생뚱맞게 놓여 있던 조그만 오락기 한 대. 동전을 집어넣고 단 몇 분 만에 게임 오버가 되어 버린 기기 앞에서 발을 탕탕 구르던 미조의 모습이 떠오른다.

뒤늦게 노제 행렬을 따라가던 연주는 낙오자처럼 슬그머니 행렬의 뒤꽁무니에서 빠져나왔다. 어디로 가는 길인지 방향 감각도 없이 무작정 걸었다. 익숙한 길이다 싶어 주변을 둘러보면 처음 와 보는 곳이었고, 처음인가 싶어 낯선 표정으로 둘러보면 언젠가 한 번은 와 본 적이 있는 길이었다. 길은 어디에나 있었지만 정작 연주는 어디로 가야 하는지 알 수 없었다.

노제를 지내던 날 미조의 어머니나 오빠의 얼굴을 봤는지도 기억나지 않는다. 그들은 어디에 있었을까. 미조의 장례식을 치르고 며칠 뒤 연주는 미조의 집으로 찾아간 적이 있었다. 희한하게도 몇 번이나 골목을 찾아 헤맸는데도 이 골목이 그 골목 같고, 저 골목도 그 골목 같았다. 미조 어머니가 동네 사람들과 어울려 앉아 있던 나무 그늘 아래 평상도 보이지 않았다. 분명 언덕길을 올라가다 보면 미조네 집으로 들어가는 골목이 보일 듯했는데 그 골목은 나타나지 않았다.

연주는 다시 침대에 몸을 눕힌다. 흔들림이 시작되면 바깥출입은 물론 집안일 따위도 손에 잡히지 않는다. 식구들조차도 그녀의 영역 바깥에 존재하는 그림자들에 불과했다. 지금껏 연주가 지녀 온 평형 감각은 귓속에 든 미세한 돌처럼 눈에 보이지 않게 존재했다. 그것을 뭐라고 부르면 좋을까. 보이지 않지만 균형을 잃지 않는 것, 흔들리는 몸을 잡아 줄 평형 감각은 연주에겐 삶의 기준 같은 것이었다. 누구에겐들 그렇지 않을까. 한쪽으로 기울어진 채 살아갈 수는 없으니까. 시간의 중심을 잡아 주는 것 역시 온전한 기억을 복원하는 것일 텐데, 너무 흐릿하거나 지워진 것들이 많았다.

카페 온을 서둘러 나오면서 연주는 깨달았다. 현숙에게 차마 하지 못한 말 역시 지워진 시간들 사이에 끼여 있는 무엇일지도 모른다는 것을. 남은 시간을 살아 내는 데 필요한 것은 균형 감각을 회복하는 것이라는 걸. 모임 방 문을 열고 들어설 때나 헤어질 때 한결같이 특유의 높은 톤으로 인사하던 미조의 목소리가 떠오른다.

언니들 안녕!

전태일 열사가 죽음으로 시대에 항거했던 게 벌써 반백 년 전일이다. 그때 세상 물정 모르는 어린 꼬마에 불과했던 나는 이제 반백 년 이상을 살아왔다. 시간은 참 요령부득의 '물건'이라는 엉뚱한 생각을 가끔 하곤 한다. 만질 수도, 색깔을 볼 수도, 냄새를 맡을 수도 없는 물건.

그 시간 속에 살았던 사람들 중에는 더 이상 보지도 만지지도 냄새를 맡을 수도 없는 이들이 적지 않다. 우선 나의 부모님이 그렇고, 형제자매들도 그렇고, 하루가 멀다 하고 만났던 이들 중의 누군가도 '영원한' 시간 속으로 사라졌다. 그러고 보면 시간이라는 물건은 애초부터 아예 존재하지 않거나 없는 것이 아닐까, 엉뚱한 생각을 거듭하다 보면 철학적인 사유랄 것도 없이 존재의 행방이 묘연해지는 상실을 경험하게 된다. 개인적인 죽음이든 사회적인 타살이든 죽음이 깃들 수 있는 시간이란 물건은 한편으론 살아 있는 우리들에겐 보이지 않는 끈 같은 것이 아닐까. 보이지 않지만 놓치면 안 되는 어떤 것의 총체.

그 속에 내가, 혹은 우리가 기억해야 할 수많은 죽음들이 있고, 그 거대한 한 축을 이루고 있는 것이 전태일 열사다. 「미조」를 작업하면서 나는 줄곧 그 하나의 끈을 잡고 있었던 것 같다.

내 안에 잠재해 있던 오래된 시간의 파편을 꺼내 틀을 만들고 속을 채워 가는 동안 묵은 울음이 출렁거려 몸이 무거웠다. 미조가 영원히 우리 곁에 살고 있듯 전태일도 우리 곁에 살아 있다.

2020년 새봄에
홍명진

JTI 팬덤 클럽

— 전태일 문학상 수상자 창작 소설집

1판 1쇄 펴낸날 2020년 4월 15일

———

지은이 김인철·김주욱·이종하·최경주·최용탁·홍명진

———

펴낸이 이민호
펴낸곳 북치는소년
출판등록 제2017-23호
주소 10442 경기도 고양시 일산동구 일산로 142, 427호(백석동, 유니테크빌벤처타운)
전화 02-6264-9669 **팩스** 0505-300-8061
전자우편 book-so@naver.com

———

ISBN 979-11-965212-7-1 03810

———

* 이 책은 2020년 아름다운 청년 전태일 50주기를 맞아 기획·출간되었으며, 도서 인세 일부를
 전태일재단에 기부합니다.